御三卿の乱

剣客大名 柳生俊平 10

麻倉一矢

時代小説
二見時代小説文庫

目次

御三卿《ごさんきょう》の乱

——剣客大名 柳生俊平《としひら》10

御三卿《ごさんきょう》の乱——剣客大名 柳生俊平10・主な登場人物

柳生俊平《やぎゅうとしひら》……柳生藩第六代藩主。将軍家剣術指南役にして茶花鼓《ちゃかぽん》に通じた風流人。

市川団十郎《いちかわだんじゅうろう》……大御所こと二代目市川団十郎。江戸中で人気沸騰の中村座の座頭《ざがしら》。

家重《いえしげ》……将軍吉宗《よしむね》の長男。生まれつき体に麻痺があり行く末を案じられるが……。

松平乗邑《まつだいらのりさと》……下総佐倉藩《しもうささくらはん》、初代藩主。吉宗の享保《きょうほう》の改革を推進した老中首座。

宗武《むねたけ》……吉宗の次男。長男では無く自分こそが次期将軍にふさわしいと考えている。

伊茶《いさ》……浅見道場の鬼小町と綽名された剣の遣い手。想いが叶い俊平の側室に。

梶本惣右衛門《かじもとそうえもん》……服部半蔵の血を引き、小柄《こづか》打ちを得意とする越後高田藩以来の俊平の用人。

喜連川茂氏《きつれがわしげうじ》……公方様《くぼうさま》と称される足利《あしかが》家の末裔の喜連川《きつれがわ》藩主。一万石同盟に加わる。

森脇慎吾《もりわきしんご》……柳生藩小姓頭。実直な男であるが巷の賑わいが好きな意外な一面を持ち合わせる。

玄蔵《げんぞう》……遠耳の玄蔵と呼ばれる幕府お庭番。吉宗の命《めい》により俊平を助ける。

大岡忠相《おおおかただすけ》……南町奉行より寺社奉行に転ずる。俊平とともに悪を糾《ただ》す。

大岡忠光《おおおかただみつ》……家重の小姓頭。大岡忠相の遠縁。

綾乃《あやの》……享保の改革により大奥を出て諸芸で身を立て町家に暮らすお局《つぼね》方の束ね役。

花角瓢右衛門《はなかどひょうえもん》……お局館のある葺屋町の地主。義侠心を持つ酒問屋などを営む商人。

大樫段兵衛《おおがしだんべえ》……筑後三池《ちくごみいけ》藩主・立花貫長《たちばなやすなが》の異母弟。兄と和解し、俊平の義兄弟となる。

第一章　次の将軍様の噂

一

「次の将軍様は、じつは女だっていうけど、ほんとうなんですかい」

柳生俊平《やぎゅうとしひら》が座頭《ざがしら》市川団十郎《いちかわだんじゅうろう》の部屋をがらりと開けるなり、付き人の達吉《たつきち》が町で買ってきた瓦版《かわらばん》を手に、戯作者《げさくしゃ》の宮崎翁《みやざきおう》に問いかけているのが耳に入った。

「まったく、ふざけるにもほどがあるよ。そんなすっ惚《とぼ》けたことを書く瓦版が、けっこう売れてるってんだから、まったく世の中、天下太平だよ」

化粧《けしょう》を落として素顔になった大御所《おおごしょ》団十郎が、笑って俊平に語りかける。

「そんなばかな話、あるわけがねえ」

宮崎翁もさすがに呆《あき》れて、取りあう気になれない。

まさか女では、将軍はつとまらないのはわかりきっているからだ。だが巷《ちまた》では、そんな噂が流れるほど、次の将軍様への期待はあまりない。

将軍吉宗《よしむね》もまだまだ現役で、次期将軍の話はちょっとばかり早すぎるのだが、それにしても将軍女説まで飛び出すのは、家重公《いえしげ》がめったに皆の前に顔を出さないからでもあった。家重は、どうも外に出たがらないらしい。

吉宗が、八代将軍を継いですでに二十年余り。まだまだ矍鑠《かくしゃく》たるものだが、そろそろ次の代の将軍の話が、ちらほら江戸町民の噂に上ってきている。

団十郎は幕間《まくま》に舞台からもどってくると、いきなり大座布団を並べて横になり、自慢の銀煙管《ぎんぎせる》でプカプカと始めた。

噂の女将軍の話は、初めから馬鹿馬鹿しいと、たかを括《くく》っている。だが、宮崎翁は心やさしいだけに、達吉のわけのわからない話に、いちおうつきあってやっているらしい。

「冗談じゃないよ、達吉。いくら天下太平の世だからって、将軍様といやァ、武家の頭領《とうりよう》だよ。それが、女でつとまるわけァねえじゃねえか」

達吉の傍《かたわ》らに座り込むと、宮崎翁はそれにしても妙な話だと、達吉の肩をたたいた。

「いや、あっしも、まさかそんなバカな、とは思ったんですがね、こうして瓦版に書いてあるとなると、よもやと思っちまいました」

後《うし》ろ首を撫《な》でながら、達吉も苦笑いし俊平に向かってそう言うと、

「瓦版なんて、一枚三文で読みとばす他愛のないもんで」

宮崎翁は、ようやくわかったかい、と言いたげに達吉を見かえした。

「ちっ、しかたねえもんを買っちまった」

と、達吉は手垢《てあか》のついた瓦版をくしゃくしゃに丸めた。

将軍の世子《せいし》、次の徳川将軍の件が巷で話題になりはじめたのは、町民の気まぐれではない。このところ吉宗の政策が、はかばかしい成果を上げておらず、江戸の町民もそこそこ嫌気がさしてきているからであった。

大坂堂島《おおさかどうじま》の米相場も、吉宗の統制の失敗がつづいている。商人がこのところグンと台頭《たいとう》してきている。時代も、しだいに移りはじめているのだろう。

言うまでもなく、次期将軍は八代将軍吉宗の長子徳川家重公とされており、れっきとした男子で、伏見宮邦永親王《ふしみのみやくにながしんのう》の姫比宮増子《なみのみやますこ》を正室に迎えたが、五年前に逝去《せいきょ》している。

（そう言えば、私も若君には滅多《めった》にお会いしておらぬな）

俊平も、くだんの将軍候補に思いを巡らせ、首を傾《かし》げた。

「なんでも、お体の調子がいまひとつらしいじゃありませんか」

横で話を聞いていた医師の宗庵《そうあん》が、口を挟《はさ》んだ。

宗庵は座付きの町医者で、腕はそこそこだが、灸《きゅう》はツボをよく心得ている。それよりもこの人は耳が長い（早耳）のが特徴で、あちこちで聞いてきた話を、ちょくちょく座員に披露《ひろう》して、みなに面白がられているのであった。

「宗庵さん、あんた近頃は、お城のなかまで潜《もぐ》り込むようになったのかい」

宮崎翁が、にやにやしながら宗庵に問いかけた。

「そうじゃないんだ。私の友だちでね、御典医《ごてんい》の端くれに加えてもらってる奴がいてね、西ノ丸《にしのまる》にも上がることがあるんだそうだ」

西ノ丸は、将軍の御子や隠居した前《さきの》将軍が居住する控の城である。そこに、くだんのお世継《よつ》ぎ家重は住まっているらしい。

「お体が、ちょっと具合の悪いところがあってね。お辛《つら》そうだというよ」

宗庵は、見てきたような口ぶりで言った。

「へえ、どこが悪いんだい」

「体の筋に引きつるところがいくつもあるらしい。生まれつき、こう、体の筋が張って引きつる人っているだろう」

「ああ、いるいる」

達吉が、手を上げて首を回して応じた。

「だから初めて見たときは、顔と体が別のところを向いていてね。変わった顔をつくることもあるそうだ」

「へえ、変わった顔かい」

「だから、自然、体が話している人のほうに向かねえで、そっぽを向いちまうってわけだ。笑っちゃいけねえんだがね。そりゃお辛いだろうよ」

「そいつは、辛いや。それでも次の将軍を継ぐんだから、そりゃ、これからは大変そうだねえ」

「そうさ。政《まつりごと》はまあ頭でやるもんだから、体がひきつったって、できねえわけじゃないけどさ」

大御所は、世継ぎの家重公の肩を持つように言った。

根っから弱い者贔屓《びいき》の大御所二代目団十郎は、体の不自由な者にはすぐに肩入れする男気《おとこぎ》がある。

「でも、それだけじゃないらしいよ」

宗庵が、付け加えるように言った。

「家重公のおっしゃる言葉は、なんでもはっきり聞きとれねえんだそうだ。だから、ほとんどの人は、なにを言っているのか、さっぱりわからねえそうだよ」

（そういえば――）

俊平にも、気づくことがあった。

もう半年ばかり前になるが、俊平は吹上御庭《ふきあげおにわ》の御滝近くで蹴鞠《けまり》を探す若侍と出会った。

ずいぶんよい身なりの侍で、只者《ただもの》とも思えない。その人には同じ年頃の用人が付いていて、あれこれ世話を焼いてやっていたが、そういえば、なにやら話しかけている言葉もよくわからぬまま、俊平は軽く会釈《えしゃく》して去ったのを憶えている。

（あのお方が、家重公であったか――）

俊平は、あらためてその折の記憶を反芻《はんすう》し笑顔を浮かべた。

体は不自由そうであったが、穏やかな笑みを湛《たた》えた若君で、好印象を受けたことを憶えている。

そのような病を持ち、そこまで体がいうことをきかないことまでは気がつかなかったが、その日はおそらく体の調子がよく、外に出て付き人と蹴鞠を愉《たの》しんでいたのかもしれない。

「それにしても、体がご不自由なうえに言葉もはっきりしないでは、将軍の荷はちっとばかし重すぎるんじゃあるまいかね」

宮崎翁が、わずかに眉を顰《ひそ》めるようにして心配そうに達吉を見かえした。

「そりゃまァ、そうだろうよ。将軍という仕事は、ただふんぞりかえっていりゃ済むって話じゃねえだろうからな」

大御所も首をかしげた。

「そりゃ、そうだろうが、最近は側近が固めるようになっているからね。それほどでもないかもしれない」

と、俊平は考え直してみた。

吉宗には、数人の御側御用取次《おそばごようとりつぎ》が付いていた。そのうち、小笠原政登《おがさわらまさなり》、加納久通《かのうひさみち》は健在で、有馬氏倫《ありまうじのり》は先年亡くなったが、幕閣にも老中首座の松平乗邑《まつだいらのりさと》をはじめ、遣《や》り手の男たちがずらりと吉宗を囲んで補佐している。

その意味では、世の中の仕組みも複雑になり、将軍の役割は年を追って小さくなってきているとも言えた。

幕政も将軍一人でできるものではなくなりつつある。

吉宗も、米将軍などと言われながらこのところあまり精彩《せいさい》がなく、経済通の松平乗邑あたりが、代わって悪戦苦闘している。

「となると、周りが支えてさしあげりゃ、体の不自由な将軍でもなんとかなるかもしれませんねえ」

大御所が、なるほどと俊平を見かえした。

「そうかもしれん。ま、やってみなければわからぬが」

と言ってから、俊平はふたたび考え込んだ。

問題は補佐役次第とも言える。ちなみに、幕閣のなかにも、家重ではうまくいかないと考えている者は多い。

家重には二人の弟がおり、どちらも利発で活発な若者である。

次男で田安家《たやすけ》を分家してもらった宗武《むねたけ》と、四男で一橋家《ひとつばしけ》を分家してもらった宗尹《むねただ》である。

ならば、無理に家重に将軍位を譲る必要はない、弟のどちらかがやればいい、という考え方なのである。

だが、吉宗は家重の次期将軍は、ほぼ決めているようだ。

理由は、主に長子相続にある。

長子相続とは、簡単に言ってしまえば、長男による相続である。

江戸時代には、相続によって継承されるのは個人的な私有物ではなく、家の財産であった。そのため、相続の第一目的は、直系家族の維持であるとされたのである。

それに最適な相続制度が、長子相続だった。

そのため、武士の次男、三男は他家に養子に行くか僧侶《そうりょ》になるか、兄の扶持《ふよう》によって生きていくしかなかった。養子先がない場合は、一生独身のまま「部屋住《へやず》み」となり、実家に扶養《ふよう》されたのであった。

(だが、この頃になって、なぜこれほどまでに頻繁《ひんぱん》に町の瓦版が家重公を取りあげ、悪しざまに書くようになってきたのか……)

考えてみれば、俊平には不自然な思いが残った。

俊平は、あらためて達吉が放り出した瓦版を拾い上げ、目を通した。

「なにか、柳生先生?」

その俊平の表情を読み取って、達吉が不審そうにうかがった。

「いや。ちと。これは。悪意がやや過ぎるように思われてな」

俊平は、皺《しわ》だらけの瓦版を伸ばし、その文面のきわどさにあらためて目を見張る思いであった。

――ほとんど言葉らしい言葉が言えず、全身が引きつってその面貌もちょっと変。

厠《かわや》が近く、外出時には、臨時の便所で二十数回小用をする。

文面といい、その絵柄といい、将軍の継嗣《けいし》を取りあげたものとはとても言い難いもので、ほとんど罵詈雑言《ばりぞうごん》に近い。

「いったい、どんな奴が売っていたんだい？」

俊平が、眉を顰めて達吉に訊《たず》ねた。

「そりゃ、いかにもワケありって風体《ふうてい》の奴らでね、編笠《あみがさ》の二人組でしたよ。顔はよく見ませんでしたがね、やはり、ああした連中らしく、辺りのようすを随分気にしておりやした」

「ふうむ」

俊平は低く唸《うな》った。

「これはもう、先生。お世継ぎ争いが、始まっておりますかね」

勘のいい宮崎翁が、ずけりと言って俊平の横顔をのぞいた。

「じつは、なにやら気配がしないでもない」

俊平も、否定はできなかった。

それだけ、将軍候補家重を描いた瓦版には悪意が込められているのである。

「しかし、こいつは面白そうな話ですぜ」

大御所が、にやりと唇を歪《ゆが》めて身を乗り出した。無責任にひと騒動を期待しているフシがある。

「大御所、そんなことを言っていいんですかい。お世継ぎ争いが、大きな騒動に発展したら、幕府が倒れるなんてことだってあるんですぜ」

そんな子供じみた大御所の興味を、宮崎翁が笑いながら窘《たしな》めた。

「それはまあ、そうだがね……」

大御所は頭をひとつ掻《か》いて、

「でもねえ、どっちにしたって、こちとらにゃ、雲の上の話だよね。ついこう面白そうに眺めちまう」

そう言って苦笑いすると、座員もみなそうだそうだと笑いあった。

「だけど、将軍家の代替わりは、まだまだ先の話でしょ。吉宗公は、まだぴんぴんしてらっしゃる」

あっけらかんとそう言って、起き上がり、大御所は大胡座《おおあぐら》をかいて銀煙管をくわえた。

「まったくだよ。まだまだ先だ」

「それより、大御所のほうが大変だよ。三代目のほうはいったいどうなるんだい」

俊平が、笑いながら大御所の肩をたたいた。

二代目団十郎は、数年前、突然隠居がしたいなどと言い出して、三代目を用意した。初代団十郎の高弟三升屋《みますや》の伜《せがれ》である。

「決まってまさァ。仲良くやってますよ。三代目には、もう手取り足とりで教えていまさァ。あいつも、このところそれらしい顔つきになってきている」

大御所が、得意そうに言った。

まだ十八歳で、三年ほど前に三代目の襲名《しゅうめい》披露を行ったばかりである。

その折には「暫《しばらく》」を演じた三代目の団十郎が、二代目団十郎そっくりと観客に褒《ほ》められ、「外郎売《ういろううり》」を演じても、二代目にけっしておとらなかったと絶賛されもしている。

血はつながっていないのを大御所が気にしていないと言えば嘘になるが、情の面にはむろん欠けるところはあろうとも、役者、演技の継承が大事だと割りきっているようすである。

「将軍家も、徳川の宗家を護《まも》ることがまず大事だろう。やっぱり家重さんかね」

大御所があらためて言った。

将軍位の継承は、思惑を越えて国の行く末をも考えた上で総合的に判断しなければならない。

俊平は、三代目を養子に迎えた大御所の配慮を思うと、将軍吉宗の次期将軍位をめぐる配慮は小事を捨てて大事を得る必要があると思うのであった。

二

「ほう、これはびわの新茶か」

俊平は、伊茶《いさ》の淹《い》れてくれた茶を一口含み、口のなかで転がしてゆっくり咽《のど》に流し込むと、すぐにそう言い当ててみせた。

伊茶の淹れるびわ茶が健康によいことは、俊平も伊茶を側室《そくしつ》に迎え入れる前からわかっていたが、毎日のようにびわ茶を飲み、びわ茶の新しさを言い当てるまでになると、妙なものでなんとも嬉しく誇らしげな気持ちになってくる。

よほどびわ茶に馴染《なじ》んでおらねば、新茶までは言い当てられない。

「伊予《いよ》より参勤交代《さんきんこうたい》で出府《しゅっぷ》した兄が、みやげに持参したものでございます」

伊茶もまた、淹れたての茶を旨《うま》そうに飲む俊平を見て、嬉しそうに相好《そうごう》を崩した。

伊茶の兄伊予小松藩《こまつはん》一万石藩主の一柳頼邦《ひとつやなぎよりくに》が、国表で一年を過ごして江戸にもどってきたのを機会に、伊茶は昨日、藩主がもどり賑《にぎ》わいを増した小松藩邸に顔を出し、久々に国表の事情などを聞き、昨夜はそちらの藩邸に泊まってきた。

「兄は、やはり江戸がよいなどと申し、江戸出府を首を長くして待ち望んでいたよし、そのようなものでしょうか」

伊茶は、兄頼邦の話題を嬉しそうに俊平に告げた。

「はて、江戸はそんなによいところかの」

俊平は、そのあたりの事情がいまひとつピンとこない。柳生藩主となり、そのうえ将軍家剣術指南役《しなんやく》までつとめるようになっており、俊平はまだ領地の柳生の郷《さと》に一度しか行ったことがない。これでは、比べようもないのである。

ましてや、先代の第五代藩主の俊方《としかた》の養嗣子《ようしし》ゆえ、もともと柳生の里とは縁もゆかりもない。

「伊予小松は風光明媚《ふうこうめいび》な地にて、領民も気性が穏やか。まことによいところなのでございますが、兄はちと活気がないと申し、早く江戸に出府して一万石同盟のみなにお会いして飲み明かしたいと」

伊茶は、ちょっと困ったように俊平に告げた。

「そうか。伊予小松の頼邦殿は、おだやかな風土より深川《ふかがわ》の酒か。江戸で過ごす日々に慣れてしまわれたな。すっかり遊び好きになられた。これは、いささか責任を感じる」

俊平は頭を掻いて苦笑し、どこか鼠《ねずみ》のような小顔の藩主頼邦を思い返した。

西国は世に名高い享保《きょうほう》の大飢饉《だいききん》があって、農作物に壊滅的《かいめつてき》な打撃があり、ここ数年大変な騒ぎがあったが、さいわい蓄財を切り崩し、多額の借り入れをして米を買い入れたおかげで、この飢饉では小松藩は一人の死者も出さずに終わったという。

それも、あの小鼠殿の功績とあれば、大したものである。

「ご領地は、今はもうだいぶ回復したのかな」

「はい。今は田畑もだいぶ回復し、民心も穏やかなものになっているそうにございます」

「それはよかった」

俊平は、同席の用人梶本惣右衛門《かじもとそうえもん》と顔を見あわせうなずきあった。

「それで、さっそく皆様にお会いしたいと申しておりましたが……」

伊茶が兄頼邦の意思を伝え、俊平のようすをうかがった。

「うむ。それはよい。久々に深川の〈蓬莱屋《ほうらいや》〉あたりで、三人揃って、いや喜連川《きつれがわ》殿も交えて貧乏藩主どうし盃を傾けるとするか」

俊平も、同盟の三人をそれぞれに思い返し相好を崩した。

「そういえば、今度は入れ替わりに筑後《ちくご》三池藩主の立花貫長《たちばなやすなが》殿が国表へお帰りと聞く。ちと慌《あわ》ただしいかの」

そう言い、されば自分が音頭をとって皆に書状をしたためるよりあるまいと思うのであった。

「兄上は、そなたになにか、おっしゃっておったか」

「それが……」

伊茶は、ふとうつむいて不機嫌そうな顔をした。

「兄までが、子はまだか、などと」

「子か。それは困ったものだ」

俊平も苦笑いをした。

そういえばこのところ、出会う人ごとに、たびたび子の話を訊かれることが多い。

一万石同盟の藩主たちや、領地柳生の里の藩士たちまでもが、書状にそんな内容のことをたびたびしたためてくるのである。

「まったく、困っております」

伊茶にしてみれば、そのとおりであった。

こればかりは、思うようにはいかぬものであるうえ、そもそも俊平が伊茶を側室として迎えて、まだ二年しか経っていないのである。

「まことよ。人の子は犬猫とはちがうのだ。余計なお世話だ」

俊平が、怒ったように言えば、

「まことに。どなたも無責任なことばかりを申されまする」

惣右衛門が、伊茶をかばってちょっと大げさに嘆くのであった。

そんなところに、廊下で小さな人の足音があり、小姓頭《こしょうがしら》の森脇慎吾《もりわきしんご》がひざまずき、明かり障子を開けて来客を告げた。お庭番遠耳《にわばんとうみみ》の玄蔵《げんぞう》が訪ねて来ているという。

玄蔵は、お庭番という特殊な立場の幕府役人だが、吉宗が影目付《かげめつけ》柳生俊平のために格別に選んで付けたものである。

影目付といっても、大それた事件が頻繁に起こるはずもないのだが、影の密偵役には欠くべからざる人材であり、俊平とは格別な関係となりつつあった。

「おお、通せ、通せ」

俊平が、赤児の話から逃げるようにそう言うと、

「いえ、お庭先でよいと――」

慎吾が、玄蔵の言葉をそのまま告げた。

玄蔵は遠慮がちな男で、それが習性のように一応そう言うのだが、俊平はこのところ庭先で玄蔵の話を聞いたことはない。

「なに、こちらは家族も同然と思うておるのに、玄蔵はまだそのような遠慮を申しておるのか」

俊平が、ちょっと大げさにそう言えば、

「されば、そう申し伝えまする」

慎吾がそう言って去り、ややあって慎吾が玄蔵を伴い廊下に現れた。

「なんだ、玄蔵。遠慮は要らぬのだ。おぬしとわしは、たびたび修羅場《しゅらば》を潜《くぐ》ってきた、いわば戦友のようなものだ」

俊平がそう言って手招きすれば、玄蔵もにやりと笑い、

「まことに、そう言っていただけますのなら、これからは遠慮いたしませぬ」

伊茶と惣右衛門にも目礼し、するすると部屋に入り込むのであった。

さすがに密偵という職業柄、その風体《ふうてい》は幕府役人とはとても思えず、商家の番頭か手代《てだい》といった風情《ふぜい》で、山吹色《やまぶきいろ》の縦縞《たてじま》の小袖《こそで》に濃《こ》い鼠《ねず》の帯をきりりと締め、前掛けを結んでいる。

「いえね。大した用事があるわけじゃないのですが、近くまで来たもので」

玄蔵は、小鬢《こびん》を掻いて俊平の前に座り込んだ。

「大した用事など、そうそうあっては困る。もっと気楽に寄ってくれ」

と、あらためて俊平は言い含めた。

「へい。それはもう、それで今日は、ただご尊顔を拝したく存じまして」

そう言う玄蔵の口調は、もうだいぶ親しいものに変わっている。

「それはそうとよいところに来た。ちと、そなたに訊ねたき儀があった」

俊平は、玄蔵にそう言って懐《ふところ》から一枚の皺くちゃの紙を取り出した。

中村座《なかむらざ》で、達吉から譲り受けてきた例の瓦版で、そこには連綿《れんめん》と吉宗の嗣子家重の悪口雑言《あっこうぞうごん》が記されている。

「これは知り人が、たまたま外から買ってきたものだ」

そう言って、それを玄蔵に見せると、玄蔵は、あらためて畳のうえに広げて瓦版の皺をのばした。

「ああ、こいつはいけませんや」

玄蔵はしばし絶句してみせた。その手元を、惣右衛門がちらとのぞき込む。

「仮にも、吉宗公のご嗣子様でございます。それにお世継ぎになろうというお方を

——、これは、とても論評するような公平な文面とは思えませぬ」

玄蔵は目を細め、もう一言一句を覚えるように丁寧《ていねい》に読んでいった。

「なにやら、いやな予感さえする」

俊平が玄蔵を見かえしボソリと言えば、その意を汲んで、

「じつは——」

と、玄蔵もあらためて眼を鋭くして身を乗り出した。

「あっしも、これを見て御前と同じことを考えてしまいました」

「そうか」

吉宗公の子のうち、長男が家重公、次が田安家を与えられた宗武公で、その下が一橋家の宗尹である。

下の二人は、それぞれ屋敷と賄《まかない》料《りよう》三万俵を賜《たまわ》り別家となったが、宗武は、幼少より聡明で、宗尹は武芸を好み、ことに鷹《たか》狩《が》りは割り当てられた日数が不足し、兄の宗武より別に割り当て枠を譲ってもらうほどであるという。

これら弟二人を立てようとの動きが、城内にくすぶっていると玄蔵は言う。

「宗武殿にもっとも親しい幕閣といえば、どなただ」

俊平はいくぶん前屈みになって、玄蔵に額《ひたい》を寄せた。

「それは、いわずと知れたご老中の松平乗邑様でございましょう」

玄蔵はわかりきったことのようにその名を口にした。

「ほう、あの松平殿か……」

俊平はそう言って、今度は用人の惣右衛門と顔を見あわせた。

松平乗邑は、松平親忠《ちかただ》の次男乗元《のりもと》を祖とする松平氏の庶流で、松平宗家である徳川家に仕え、いずれも武勇にすぐれ、新井白石《あらいはくせき》の『藩翰譜《はんかんふ》』にまことに武勇の家柄と特筆されている。

その大給《おぎゅう》松平宗家十代目で、下総佐倉藩《しもうささくらはん》初代藩主。吉宗の享保の改革を推進し、足高《あしだか》の制の提言や、勘定奉行神尾春央《かんおはるひで》とともに年貢《ねんぐ》の増徴、公事方御定《くじかたおさだめがき》書の制定などを行ったのち、昨年元文《げんぶん》二年（一七三七）に勝手掛《かってがかり》老中となっている。

以来、幕府の財政を動かす重要な立場にあるが、これまで俊平とは対立することが多く、所謂《いわゆる》ウマのあわない人物と言えた。

特に勝手掛老中となってからは、俊平の目には幕府の財政を私物化するところが見うけられ、相手も俊平を気にしているようである。

「松平様は、田安家とはまことに昵懇《じっこん》にて、たびたびお屋敷にも足を運んで、共に能を楽しんでおられるそうにございます」

玄蔵が、抑えた口調で言った。

「ほう、詳しいの」

俊平は、意外そうに玄蔵を見かえした。

「いえね。お庭番は仕事柄、探索癖のようなものが身についてしまっておりましてね。幕府のご重職の動きなど知ったものは、けっこう皆で分けあっております。あ、そのことで……」

「ふむ？」

俊平は、あらためて玄蔵を見かえした。

「田安様は、あれだけのお方でございます。接近するお大名方も多く、伊達《だて》様との仲は、ことによろしいようでございますよ」

「仙台《せんだい》伊達家か……」

「まだまだございます。北から弘前《ひろさき》藩、忍《おし》藩、桑名《くわな》藩、細川《ほそかわ》藩」

玄蔵は、指を折って有力大名家の名を挙げていった。

「それにしても、大名衆とは聡《さと》いものよな」

そのような大名同士のつきあいがあることは話には聞いているが、俊平はあらためて城中の情報収拾に当たる諸大名の姿に興味を持った。

「近づけば、なにかよいことがあると考えておるようで」

玄蔵は、苦笑いして首を撫でた。

「されば、そなたの目には、家重様ではなく田安様のほうが次期将軍の目もあると申すか」

「まあ、最後は上様の胸先三寸《むなさきさんずん》でございましょうが、上様も頭を悩ましておられるのは、どうやらたしかなようで」

「なんだ、とうに決めてしまわれたのかと思っていたが……」

俊平はいつも接する吉宗の胸中を察して、黙り込んだ。

「松平様が、しきりに宗武様を売り込むものですから。ちょっとぐらついておられるごようすで」

「そうか」

俊平は、また肩を落として吐息《といき》を漏らした。これは、あまりよい報せではない。

「まあ、よい。それは上様がお決めになることなのだ」

そう言って、あらためて玄蔵に微笑《ほほえ》みかえせば、

「まあ、そういうことになりましょうが、私どもにはいまひとつしっくりまいりません」

「そうか。しっくりいかぬか」

「妙にざわつきます。やっぱり、誰かが意図《いと》をして動きはじめているようで」

「思惑が、入り乱れているのだな。ところで玄蔵、そなた、鯛《たい》は好きか」

俊平は、ふと気分を変えて玄蔵に問いかけた。伊予小松藩の主《あるじ》一柳頼邦が、国表から持参した鯛の干物がある。それをこのところ、柳生藩でもたびたび皆で食べている。

「鯛でございますか。そんな上等な魚にはあっしども、滅多にお目にかかれるもんじゃあございません。それは、食べてみとうございます」

玄蔵は相好を崩して目を輝かせた。

「それはよかった。伊茶の実家の伊予の海で漁《と》れたものだ。食べていけ。脂《あぶら》が乗って、それは旨《うま》いぞ。瀬戸《せと》の鯛は、絶品だ」

「しかし……。そんな貴重なものをあっしが頂いて、ほんとうによろしいので」

玄蔵は、もういちど遠慮がちに念を押した。

「馬鹿を言うな。そなたと私は、死線を潜ってきた戦友ではないか」

「あ、こりゃア、どうも」

玄蔵が、喜びに顔をほころばせ頭を掻いた。

たっぷり脂の乗った鯛の干物を舌を鳴らして平らげ、玄蔵が腹をたたいて柳生藩邸を後にしたのは、それからおよそ一刻（二時間）後のことであった。

三

吹上の武術修練所で月に一度行われる定例の剣術指南を終えた俊平は、この日もだいぶ腕を上げた弟子の吉宗から、

——さて、俊平。一局どうじゃ。

将棋の対局を誘われて、城中中奥《なかおく》将軍御座《ござ》の間《ま》に向かった。

このところ、稽古の後の対局は、ほとんどお決まりの流れとなっており、俊平もいつもどおり快く受けたものだが、中奥御座所で将棋盤を囲みいざ対座してみれば、吉宗はぼんやりとして将棋になかなか身が入らないらしい。

ようやく駒を並べはじめても、吉宗は時折駒を手に取ったまま、どこか落ちつかぬ風情《ふぜい》で宙空を睨《にら》んでいる。

「なにか、お気にかかることでもございましょうか」

先に並べ終わった俊平が、そう問いかければ、

「じつはの……」

そう言って、吉宗が真顔になって話を切り出したのは、他ならぬ世継ぎの問題であった。

吉宗は、驚いたことに巷に流布する瓦版の一枚を、その目で見たというのである。

「これには驚いたぞ」

吉宗がそう言って小姓に取ってこさせたのは、俊平が中村座で見たものとはまた異なる瓦版で、派手でけばけばしい絵柄と汚い大きな文字が紙面に躍《おど》る粗雑なものである。

「妙なものが出回っておるようじゃ。この小姓が町で手に入れ、余に買うてきてくれた」

俊平は手渡された瓦版に、急ぎ目を通した。

内容は家重の手足が不自由なことから、言葉がなかなか周囲に伝わらぬことまで、町の瓦版屋には到底知り得ないほどに微《び》に入り細《さい》に入る家重情報をぎっしり書き込んでいる。

「先日は、忠相《ただすけ》が気にせずともよいと言うてくれたが、これはさすがに酷《ひど》いものじゃ、このようなものが江戸の町に流布しておって、家重ははたして無事に次期将軍がつとまろうか」

「はい……」

俊平も、とっさに何と応じてよいやら言葉を詰まらせ、吉宗を見かえした。

「しかし、笑ってしまいまするな。これにも、家重公が女人ではないかとの噂が書かれております」

俊平は、吉宗の弱気を軽くさせようとして言ったつもりが、

「その話、巷ではけっこう噂になっておるという」

吉宗は、重い口ぶりで返した。

「家重はあのように体に障《さわ》りがあるゆえ、わしも口さがない者らの目を気にし、つい表に出すことを控えさせていた。それが逆効果であったようじゃ。それゆえ憶測《おくそく》が憶測を呼ぶのであろう」

「しかしながら、この詳しさは町人では、とても計り知れぬことと存じます。なにをもって女人などと」

俊平は、ちょっと別のことを考えている。いぶかしげに瓦版の文字をもう一度目で追った。

「この女人説は、こうじゃ。私が八代将軍に選ばれる際、後継者がおることが重大な

ことゆえ、無理やり娘を嫡男の家重に仕立てたのだと言う。馬鹿げた話だ」

「お体の障りと申しましても、家重公はそれをじゅうぶん補ってあまりあるほどご聡明と聞いております。幕政に影響するものではけっしてございませぬ」

俊平は、かって吹上御庭で見かけた家重の好ましい姿を思い出して言った。

「わしも、そう思うておった。当時の乳母によれば家重は生後わずか半年にして御飯が欲しい、と言ったそうである。また半年にして立ち上がったともいう。みな、その聡明ぶりに目を瞠《みは》ったものじゃ」

「それは、存じませんでした」

俊平は、あらためて吉宗を見かえした。

家重はまことに聡明な男らしい。

「じゃがの……」

吉宗はそこまで言って、ふと顔をしかめた。

「宗武とて負けず劣らず賢明、それに、なによりも五体満足じゃ。なぜ、次期将軍職を宗武ではならぬかと申す者もある」

「それは、どなたでございます」

「老中首座の松平乗邑じゃ」

俊平は、やはりと顔を伏せた。

松平乗邑は、なんでことさら宗武を担ごうとするのかいぶかしいが、それはさておき、言うことはそれなりに筋が通っている。

「さは、さりながら……」

俊平は、ふたたび吉宗を見かえした。

「遠慮はいらぬ。申せ」

吉宗はちらと俊平を見かえし、促した。

「されば、申しあげまする。今は太平の世、上様の改革も功を奏し、幕政は順調にすすんでおるかに見えておりますが、将軍職は、後々の混乱を避けるためにも長子相続にて引き継がれ、争いの根をつくらぬことが肝要と存じまする」

「そちも、そう思うか……」

吉宗が、顔を上げ、目を輝かして俊平を見かえした。

「はい」

俊平は、あらためてうなずいた。

「じつは、わしもそう思うてきた。長子相続はよきところが多い。足利《あしかが》将軍の世には、長男が相続することが決まっておらず、ことに幕府の財産を巡っていくたびも殺戮が生じたという。将軍家を割ってはまずい。じゃがの……」

吉宗は考え込んだ。

(問題は、それよりも……)

「家重公のお体でございますな」

「そうじゃ。ひとえに、そのことじゃ」

吉宗は、憂い顔でそう応じ、しばし口ごもった。

「体の障りが、家重の 政《まつりごと》 にどれほどの影響を及ぼすか、まだそれが読めぬのだ」

重く吐息して言った。

「なに、大丈夫でございましょう。伝えることがちと問題となりますが、ご側近も揃っておられれば、じゅうぶんに補えましょう」

「そうであろうか……。たしかに家重は、ああ見えて、頭はよい。人を見る目もある。じゃが、やってみねばの」

吉宗は、ようやく思い直したように駒をすすめた。

先手は吉宗で、まず角筋《かくすじ》を開ける。

「それがし、いつぞや、吹上御庭でお供の方と、ご一緒のところを拝見いたしました。お供は後から知りましたが、大岡忠光《おおおかただみつ》殿でございましたな」

「大岡忠光は忠相の遠縁じゃ。家重と歳も近い。あの者は、不思議に家重の言うことをよく聞き取るそうな」

吉宗は、嬉しそうに銀《ぎん》を上げた。

「それは、よろしうございます。大いに頼りとなりましょう」

俊平もようやく将棋に腰が入ってきた。しばし考えて、俊平も顔を上げる。

「うむ、だがまだちと若い。両名ともまだまだ未熟なところがあっての。頭が痛いわ」

吉宗は、そう言って俊平を見かえし、ふと笑みを浮かべ、銀を繰り出してくる。俊平も迎えるように銀を出す。

「どうしたものか、迷いはつきぬ……」

また吉宗は手を休め、考え込んでしまった。

吉宗の脳裏《のうり》に、宗武にしておけ、という松平乗邑の言葉が、まだこびりついて離れないようであった。

「いずれにしてもご慎重になされませ。跡目問題は、御家騒動の発端ともなりまする。摩擦は避けねばなりませぬ」

「そち、このわしを驚かす気か」

「滅相《めっそう》もない」

俊平が角筋をきれいに開ければ、吉宗はしばらく考えて、

「うむ。宗武には田安家を立てさせ、扶持もじゅうぶん与えた。よし。やはり家重でいくとしよう」

また、ぴしゃりと、銀を上げてきた。

あくまで、攻めでいくらしい。

「それが、よろしうございます」

「そうは、思うが……」

吉宗は、また肩を落とし、今度はパラリと駒を駒台に置いて、溜息をつくのであった。

四

吉宗が、経費節減のため、大奥の女たちを大量に解雇したのは、将軍となって数年の後であったから、もうかれこれ二十年ほど前のことである。

その折、職を失った女たちの一部は実家にもどらず、みなで一軒家を借り切り、お

稽古事の師匠を始めた。

それが歳月を重ねて、今では葺屋町《ふきやちょう》にすっかり腰を落ち着け、女の館《やかた》もすっかり土地になじんでいる。

女たちはみな大の芝居《しばい》好きで、俊平とは中村座からの帰りがけに知りあったのだが、早いもので、すでにこれも八年の歳月が流れていた。

俊平が惣右衛門を伴い、ぶらりその女の城を訪れたのは、初夏といってもことのほか暑い一日のことであった。

薄い単衣《ひとえ》に、うっすらと汗が滲《にじ》んでいる。

「柳生さま、昨日は奥方さまがお見えになりましたよ」

お局《つぼね》のなかでは歳の若い吉野《よしの》がそう言って小腰をかがめ近づいてきて、俊平の刀を袂《たもと》に挟んで預かれば、

「なんだ、伊茶め。私にはなにも言うてくれぬではないか」

俊平は、惣右衛門と顔を見あわせた。

「それにしても伊茶さまは、こうした場がいちだんとお似合いになられましたな。殿のご側室となり、ますます女らしくなられましてございます」

惣右衛門がふと伊茶を思いかえし、笑みを浮かべながら自分の差料《さしりょう》を、もう一人

の若いお局雪乃《ゆきの》に手渡す。

奥の十畳間では、手の空いた女たちが三人の中村座の若い役者ピン吉《きち》、源之丞《げんのじょう》、伝吉《でんきち》と、茶飲み話に興じている。

話が盛り上がっているらしく、女たちの嬌声《きょうせい》が高い。

俊平の中村座の教え子たちも、ことに女形《おやま》は茶や花の稽古にここに通う者も多く、俊平がこの家を訪ねてみればみな顔見知りばかりである。

「柳生さま、伊茶さまから、たくさんびわ茶をいただきましたよ」

神棚の下に俊平がどかりと座り込むと、吉野がさっそく俊平の好物草団子《くさだんご》を盆に載せてやってきた。差し出す茶はといえば、いつものびわ茶である。

「おいおい、草団子にびわ茶か」

運んできた吉野に、俊平が笑って苦言を呈《てい》すると、

「あら、昨日からずっとうちでは、びわ茶でございますよ。とても体によろしうございます。なんだか、いちだんとしゃきっとしてきたようで」

綾乃《あやの》が、笑いながら言い足した。

飲んでよし、葉を炙《あぶ》り、温熱療法にしてもよしで、伊茶のびわ茶はこの館ではけっこう皆の健康づくりのよりどころとなっていて、時折は伊茶の到来にあわせてぜひ治

療をして欲しいと、訪ねてくるお弟子も出てきている。

「さすがに毎日飲んでおるでな、やはり今日は普通の茶がよい」

　俊平がそう言えば、

「それでは」

　と、綾乃が立ち上がり、また茶を淹れにいった。

「いつもお仲が、よろしいのに、今日はまたどうして？」

　吉野が、すねたように言えば、

「それとこれとは別だ。いつもびわ茶ばかりでは、さすがに飽きる。のう」

　俊平が、苦笑いして惣右衛門を見かえした。

「そういえば昨日、それがし、久しぶりに道場で伊茶さまのお姿を拝見いたしました。蟇肌竹刀《ひきはだしない》を振るうこともまったくなくなったようで、いかにも女性《にょしょう》が佇《たたず》んでおられるお姿に見うけられました。なにやら、体つきも脂が乗り、ふっくらして女らしくなってこられたようでございますな」

　惣右衛門が、ゆっくりとびわ茶を咽に流し込みながら言った。

「それは、ちとまずい。私は、剣術の稽古をつづけたほうがよいと、再三申しておるのだが」

俊平が困ったように言うと、

「されど、そうも言うておられますまい。奥に入れば周りは女人ばかり、しだいに体も話しぶりも女らしくなり、体つきも丸くなりましょう」

惣右衛門は笑いながらそう言ってから、

「はて。なにやら、お腹も膨《ふく》らんでいるようにも見えましたが、殿、覚えはござりませぬか」

惣右衛門が、あらためて俊平の横顔をうかがう。

「さて、私はとんと知らぬぞ」

俊平は、知らぬ存ぜぬと呆《あき》れたように言った。

「まあ、ご夫婦なのですから、憶《おぼ》えは少なからずございましょうに」

吉野が、惣右衛門をたしなめると、

「それは、そうでござるな、殿。まこと憶えは……？」

と、めずらしく食いさがってきた。

俊平は、遠慮のない惣右衛門めと横顔をうかがい、

「そのようなことは、まずあるまい」

と首を振った。

「いや、わかりませぬ。あの下腹の膨らみようは、怪しうございまするぞ」

惣右衛門は今日はなぜか妙にからむ。

「惣右衛門、そなた、大丈夫か。女人の体の変化に妙に詳しいではないか」

俊平が、惣右衛門をたしなめれば、

「いや、そのようなわけではござりませぬが……」

惣右衛門は、困ったように首を撫でた。

「できていたとしても、目立って膨らむのはずっと後のはずだが」

俊平が、首を傾げて不思議がる。

「でも、じゅうぶん考えられましょう。ご夫婦なんですから」

吉野が、また羨《うらや》ましそうに言った。

「まあ、できたならできたで、けっこうな話だ。柳生の里の者どもにも、ご藩主はまだ跡継ぎができぬものかと散々に問い詰められた。なにやら、わしまで早くつくらねばならぬような思いにさせられたものだ。それはよい。柳生家は次の代まで安泰ではないか」

俊平が、ひとり言のように言った。

「はは、男というもの、呑気《のんき》なものでござる」

惣右衛門が、からからと笑う。

見まわせば、稽古に来ていた中村座の者も俊平を見ている。

「先生、おめでとうございます」

「待て、待て。まだ、はっきりしたことはなにもわかっておらぬ」

話が妙な方向に進んで俊平が慌てて皆を抑えた時、綾乃が茶とともに猪口《ちょこ》二つと酒を載せた盆を抱えて部屋に入ってきた。

「ようございますね、柳生さまは」

綾乃が俊平にはまず盆の茶を勧め、惣右衛門には、

「こちらのほうが、よろしいのでは」

と、酒をすすめた。

「なんだ、綾乃。藪《やぶ》から棒《ぼう》に」

「いいえ、お世継ぎのお話でございますよ。私どもは、みなが独り者。順に消え行くのみでございます」

「そのような、寂しいことを申すな。そなたとて、まだまだこれからだ」

俊平が、綾乃を見かえし、うむうむと頷いた。

「まあ、お心にもないことを」

綾乃は、ちょっと機嫌が悪い。

「綾乃さまはこのところ、ずっとご機嫌斜めなのでございます」

吉野が、こっそりと俊平に耳打ちした。

「どうしたのだ。綾乃」

「俊平さま、聞いていただけますか」

綾乃が、不満顔で膝を乗りだしてきた。

「この館、ひょっとしたら住めなくなるやもしれぬのでございます」

綾乃の表情が、にわかに険《けわ》しいものに変わっている。

「なんだ、それは、いったい、どうしたというのだ」

俊平の顔が、真剣になっている。

この葺屋町一帯は芝居小屋や人形浄瑠璃《にんぎょうじょうるり》などで賑わっておりますが、一方閑静な屋敷が立ち並び、住むにはよい立地である。だから、お局方も、みなこの地にすっかり腰を落ち着けて、動く気はないらしい。

「なんでも、地主の〈花角《はなかど》〉さんの話では、この土地をぜひ譲って欲しいという方がおられ、困っているごようすなのです」

〈花角〉はこの地を所有する日本橋《にほんばし》の下《くだ》り酒屋で、他に口入《くちい》れ屋《や》も始め、手広く商売をしている。

「だが、〈花角〉は売らぬつもりなんだろう」

「まあ、それはそうなんですが」

だが、綾乃によればここは借家であるから、もし地主が売るとなれば立ち退かねばならないという。

「欲しいという相手は、どんなお方なのだ」

惣右衛門が、眉を寄せて綾乃に訊ねた。

「それが、将軍家に縁のあるお方なのでございます」

「将軍家に縁とは、いったいどういうことだ」

俊平が、真顔になって綾乃に訊ねた。相手が将軍家では、おそらく売らぬと言い張ることはできまい。

「じつは、将軍さまのお子であられる田安家からのお話なのでございます」

「田安家だと?」

俊平は、唖然《あぜん》として綾乃を見かえした。よりによって、お世継ぎ問題で揺れている一方の田安殿が、この土地を欲しいとは驚きである。

「この葺屋町一帯、およそ二千坪をお求めでございます」

「だが、なぜまたこの辺りを」

俊平は目を剝《む》いて綾乃を見かえした。

「事情はよくわからないのですが、お城の郭内《くるわ》の田安家屋敷では息が詰まるそうで、とにかくお近くの土地を物色中なんだそうでございます。なんでも、学者や文人を多数集めて、茶会など開きたいそうで。それには、江戸の芸事の盛んなこの町がふさわしいと」

「別宅のようなものか。それにしても、もそっと江戸郊外に用意すればよいものを。だが、ここは江戸城からさほど遠くない。便利なところではあるな。若い宗武殿の嗜《し》好《こう》であろうか」

明暦《めいれき》の大火以降、各大名はこぞって中《なか》、下《しも》屋敷を江戸郊外に用意していたが、この辺りには大名屋敷は進出していない。

「ふむ。しかし、そなたらにとっては一大事だな」

「はい、なにせ相手は田安の殿さま。地主の〈花角〉さんも、どこまで意地を通せるか、ひとまず、私ども次第と言って逃げておられるそうですが、困っておられるごようすです」

「そうであろうな」

少々無精髭《ぶしょうひげ》ののびた顔を撫でながら、顔を歪める惣右衛門を見かえし、俊平も小さく唸った。

「なに、断ればよいのだよ。江戸のこの土地は、将軍家の私有物でもなんでもない。江戸庶民のものだ。将軍の子とて、勝手にできるものではない」

俊平が、撥《は》ねのけるように言った。

「まことに、そうでございます。私どもは、この地に長く住み、深い愛着がございます。それに、新たな土地でお稽古事を始めるとなれば、お弟子さんも初めっから探さなくてはなりません。そんなこと、嫌でございます」

吉野が、駄々《だだ》をこねるように俊平に言った。

「もっともなことだ。だが、この話、ちと難しいかもの」

俊平はしばし考え込んで、吉野に顔を向けた。

「それは、そうでございましょう。相手は田安さまでございます」

綾乃が納得して言う。

「相手がちと大きすぎる」

俊平がそう言えば、誰もが黙り込まざるをえない。

「だが、なんとかならぬものか」

惣右衛門が、苦しげに膝をたたいた。

「地主の〈花角〉は、まだ譲ると言うてはおらぬのであったな」

「瓢《ひょう》右《え》衛門《もん》さんは、天《あま》の邪鬼《じゃく》というか、意地っ張りだそうでございます。それに、昔は町奴《まちやっこ》の頭《かしら》だった家とのこと。俠気《きょうき》のようなものがおありだそうで、むしろ、どこまで抵抗できるかやってみたいようで」

「俠気か。面白い」

侍奴、町奴が、互いに男気で対立していたのは、もはや百年近く昔のことであるが、今も義俠心《ぎきょうしん》を残した男伊達はこの江戸に多い。〈花角〉もその口であろう。

俊平は、にやりと笑ってどんな男か想像してみた。

「初めは穏やかな田安家のご用人が交渉を始めたそうですが、〈花角〉さんが渋っているのを見て、なんでも今度は町のやくざ者が現れて、脅《おど》すようになってきているそうございますよ」

と綾乃が怖《こわ》い話をするように言う。

「それは、いかんな」

こうなれば喧嘩《けんか》に近い。

俊平が、惣右衛門と顔を見あわせ渋面《じゅうめん》をつくった。

〈花角〉の任侠《にんきょう》が目を覚ませば、それなりに争いは激しくなろう。それも一興とは思うが、興味本位に見てばかりもいられない。

「近頃は、妙な侍まで交渉に現れるそうで、〈花角〉さんもすっかり頑《かたく》なになっておいでです」

「妙な侍？　それは何者だ」

「それが、下総佐倉藩の藩士が来られたとか」

「下総佐倉藩だと？」

俊平がふと考えてから、

「呆れたものだ。それは、老中松平乗邑の藩の者ではないか」

「なんと！」

惣右衛門が、茫然《ぼうぜん》と俊平を見かえした。

「信じがたい話。松平乗邑様は、田安宗武様のために、そこまではたらいているのでございまするか」

「どうやら、そのようだな」

柳生主従はしばし呆れかえった。

「松平乗邑殿は、幕府の財政を担う遣り手だ。たしかに、上様に家重公の廃嫡《はいちゃく》を勧めたともいう。これは、両者はもはや一体と見るべきだろう。こうなれば私が思うようにはさせぬ」

俊平はそこまで言って、綾乃を見かえした。ちと、乗りすぎたかとも思う。

「まあ、柳生さまにご助勢いただけるなら、もう、これほどありがたいことはございません」

女たちが、いっせいに俊平を見かえし、目を輝かせた。

「私もでございます。私などに何ができるかわかりませぬが、強引な手口には腹が立ちます。私の天の邪鬼も、もぞもぞとはたらきまする」

惣右衛門が、憤然とした口調で言った。

「綾乃どの、まずはその地主〈花角〉殿に会わせてくれぬか」

「それは、もちろんのこと。柳生さまがお力添えくだされば、〈花角〉さんも喜んでくださいましょう」

「しかし、大丈夫でございますか」

惣右衛門がふと考えて、困惑した表情を浮かべた。

「なにがだ、惣右衛門」

「上様のご勘気《かんき》に触れなければよいのですが、お子様でございますぞ」

「なに、上様はそのようなことでお怒りにはなるまい。むしろ、窘《たしな》めてくれと申されよう。宗武様には、頭を抱えておられるのだ」

俊平はそこまで言って、数日前に見せた将棋盤を挟んでの困惑した吉宗の表情を、もういちど思い浮かべた。

第二章　代を継ぐ

一

懇意《こんい》とする寺社奉行大岡《おおおか》忠相の紹介で、俊平がその遠縁に当たる徳川家重の小姓頭大岡忠光と引き合わされたのは、それから五日ほどしてのことである。

控《ひかえ》の芙蓉《ふよう》の間《ま》で忠光は、縁者大岡忠相と緊張した面持ちで俊平を待っていた。

忠光はすでに三十歳、なかなか実直そうな好人物で、俊平は思わず相好を崩すのであった。

軽い足どりで飄然《ひょうぜん》と俊平が控の芙蓉の間に姿を現すと、忠光の固い表情はすぐに和《やわ》らぎ、むしろやや拍子《ひょうし》抜けしたようすで、まことにこの人物が幕府の剣術指南役柳生俊平かと己の目を疑っているようである。

三人は、ゆるりと雑談から入った。

西ノ丸で家重の小姓を長く務めてきたため、主の家重と忠光は十四年に亘《わた》る主従の関係だそうで、もはや言葉などいらぬほどの間柄と周囲は評しているという。

聞き取りにくい言葉をしっかりと理解し、大切な家重の伝達役となっている今では、この忠光なくして家重は成り立たぬとささやかれるほどで、俊平もこれは大したものよ、とあらためてこの人物を眺めるのであった。

「しかしながら、あまり家重様との関係が深まるのは善《よ》し悪《あ》しで、正直難渋しております る」

と忠光は言う。

「はて、それは何故《なにゆえ》に」

俊平が問いかえせば、家重に大事にされすぎているので、やっかまれることも多いのだという。

「他の者にはわからぬ家重公の言葉が、忠光にはなぜかすっと入ってくるのだそうで、まことに不思議なものでござる」

忠相は、そう言って苦笑いして忠光を見かえした。

「ほう、すっと入りますか」

俊平がそう言えば、忠光は、しきりに照れて頭を撫でる。

俊平も、忠光のあばた面を見つめ、目を細めた。

「私はできるだけ家重様の陰にまわり、しゃしゃり出ぬように心がけておるのですが、西ノ丸では、家重公のお言葉がよくわからぬと、すぐに駆り出されてしまいます。なんともはや」

「なに、よいではないか。そなたは家重公にとって、それだけ身近で無くてはならぬ存在になっているのだ。家重公が将軍位をお継ぎになれば、いずれ幕政についても多々相談されよう。今のうちに、しっかり勉学に励んでおかねばの」

忠相は、幾度もうなずきながら忠光を諭《さと》した。

「それは、避けて通れぬこと、今から覚悟しております」

忠光も、すでにそうした場合を想定しているのだろう、それを励みにしているようであった。

「よい心がけでござる」

俊平も、応じてうなずいた。

芙蓉の間は、諸大名の殿中席《でんちゅうせき》ではなく、旗本の役職者のつめる間で、大目付《おおめつけ》や町奉行など数人の奉行が詰めており、なんとなく部屋の隅で聞き耳を立てているような

えした。

仕方のないことであるが、これらの者が宗武派であれば厄介《やっかい》と、俊平は数人を見か
気配がある。

「忠相殿――」

俊平は、大岡忠相を見かえして訊ねた。

「はて、なんでござろう」

「次期将軍をめぐる昨今の騒動を、どう見ておられるかの」

背を向けているもう一人の寺社奉行にちらと目をくれて、俊平が小声で訊ねた。

「まこと、上様もなにを迷うておられるのか。家重公でなんの不足もありませぬに、まことに困ったこと」

忠光が力を込めて言うが、忠相も小さく眉を顰めて俊平を振りかえった。

「宗武様は、確かにご聡明なお方ではあるが、欠点もおありじゃ」

忠相が、声を落としてそう言い二人を見かえした。

「それは、どのような……」

俊平は、前かがみになって額を忠相に近づけた。

「あのお方は、なかなかの才子ゆえ、やや鼻にかけるところがおありでな。あまり可

愛げがござらぬ」

　忠相は、何事にも言葉を選んで慎重なもの言いをする男なのだが、ここはずけりと鼻先でそう言い忠光を見かえした。だいぶ話を忠光から聞いているらしい。

「ことに、家重様については、自分と比較し、陰であれこれ申されておるようでございます」

「それは、つまり悪口ということですな」

　俊平が問いかえせば、大岡忠光がうなずき、渋面《じゅうめん》をつくった。

「長幼《ちょうよう》の序《じょ》をことさら言うつもりはないが、血を分けた兄に、あそこまで弟が言わずともよいのに」

　忠相は、さらに小声になって言う。

「あそこまでとは、なんと申されておられるのです」

　俊平が、さらに踏み込んで訊ねた。

「あの話しようではまるでわからぬ、とても思うような政《まつりごと》は行えまい、などと申されます。誇張もありまするが、それは半ば事実でもありますだけに、ちと悔しい思いをしております」

　忠光は正直な男なのだろう。謙遜を交えながらもそう言って面《おもて》を伏せた。

「だが、そなたが立派に補佐しておるではないか。なにも心配は要らぬのだ。結局はご指示を伝達しておるのであろう」

忠相が、抗弁《こうべん》をした。

「すべて」

忠光は、忠相を見かえし、きっぱりと言った。

「他には、どのようなことを――」

俊平が、さらにたたみかけて訊ねた。

「その……」

忠光が、周囲をうかがった。

「なんの、ここだけの話ゆえ、ご遠慮なく」

俊平が小声になり、忠光に膝を寄せてさらに促すと、

「されば――」

と、前置きして、忠光が話をつづけた。

「言葉のことは、まだよいのですが、学問をせず、酒色に溺《おぼ》れておられるのはなんたること。あれでは廃人も同様、政には不適格とまで」

「それは、きついの。よほどご自分に自信がおありのようじゃの」

俊平は、硬く笑って忠光を見かえした。

「家重様は、それほど酒色に溺れておられるのか」

忠相が、真顔になって忠光に訊ねた。

「それは、まあ。そう申されるお方もたしかにおられますが、いささか話に尾鰭《おひれ》がついております。お体の不自由さから、多少引っ込み思案なところも見られ、大奥にお籠《こ》もり気味なところがございまして。女人と接することも、やや多く」

忠光は、忠相と俊平を見かえして言った。

「なに、酒や女は豪傑《ごうけつ》の証《あかし》。幕政には、さして支障もない、家重公は政にはてきぱきと意見を申されると聞いたが」

「まこと、私はすべてお話を承《うけたまわ》っておりますが、思いがけない鋭い意見を、ずばずば的確に申されます。いずれも、納得のいくことばかりでございます」

忠光は、嬉しそうに語気を強めて言った。

「うむ。政というもの、そこが大事なことよ」

忠相が、膝をたたいてうなずいた。

忠相の声が、いつの間にか大きくなっている。部屋のなかがざわついてきているようであった。

「それにしても、宗武様は、つねにそのように敵対心を露《あら》わになされてばかりおられるのか」

「はい。弟君の宗尹殿も、また一緒になって申されておられるとか」

忠光は、冷静さを保とうと懸命に言葉を抑えて言う。

「一橋公もか――」

忠相はふたたび険しい表情になって忠光を見た。

一橋宗尹は、将軍吉宗の四男で、享保二十年（一七三五）三万俵を賜り、別家として一橋徳川家を創設している。

多趣味でことに武芸を好み、また陶芸や染色もたしなんで、手作りの菓子を吉宗に献上《けんじょう》したこともある。

「はい。一橋公は武勇のお方ゆえ、田安殿よりズバズバと」

「そうか……」

忠相は、困ったように俊平を見かえした。

「まだお若いゆえであろう。強気は勇ましくてよろしいが、それにしても、なぜいま少し仲良くなされぬものかの」

俊平は、重い吐息とともに忠光を見かえした。

「まったくのう。ちと、底意地が悪い」

忠相は、遠慮なくズケズケと二人を悪く言う。

忠相は、言う時はきっぱりと言うたちであった。

相部屋の者が、ごそりと動いた気配があった。

芙蓉の間にはつねに数人のお城坊主《ぼうず》が出入りしており、その一人が盆に載せて三人のために茶を淹れてきた。やおら口に含んで、俊平がまた周囲を見まわした。確かに体だけこちらに向けたようにして聞き耳を立てている者が数人――。

「ただの兄弟喧嘩ですめばよいが、後々徳川家を割っての大喧嘩にでもなれば大事、幕府を壊す事態にも発展しかねぬ」

俊平がちょっと大袈裟《おおげさ》にそう言えば、

「さようじゃ。それを上様もご心配なされていた」

忠相も、真顔になって俊平を見かえした。

「さらに、この対立、じつは焚《た》きつけるお方までがおられるので困っております」

二人を見やって、言いにくそうに忠光が言った。

「それは、どなただ」

忠相が、目を光らせた。

「それは」

忠光が、口籠もった。

「申せ、忠光。内々の話だ。遠慮は要らぬ」

忠相は、そう言ってまた辺りを見まわした。部屋はシンと静まり返っている。聞き耳を立てている奉行は、書に目を落としあいかわらず素知らぬふりである。

「じつは、ご老中の松平乗邑様にございます」

忠光が思い切ったように言う。

「だいぶ、宗武様を焚きつけているごようすで。近頃は、上様にも家重様のご廃嫡をお勧めになられたとか」

「やはりな……」

大岡忠光が、納得して俊平を見た。

「こたびは、勝手掛老中として税制改革を上様から任されて、確実に税収を増やされたと聞きおよぶ。上様も、乗邑様には頼るところが多く、その意見にはよく耳を傾けておられるようだ」

忠相が、落ち着いた口調にもどってそう言えば、俊平もそれには渋面をつくってうなずかざるをえない。

「たしかに上様は、先日も、そうとうお悩みであった」

俊平は、苦笑いして二人を見かえした。

剣術指南役として出仕した日の、将棋対決の席でのことである。

「それにしても、後ろに松平乗邑殿が控えているとなれば、これはちと面倒なことよの」

忠相が忠光に目を移して言えば、

「なに、もはや慣れてしまいましたが」

忠光も、やや声を明るくして応じてから、

「しかし、この包囲網《ほういもう》、さらに広がらねばよいと思うております」

小声になって言った。

「包囲網か？」

忠相が、忠光を鋭く見かえした。

俊平は首を傾げた。

「乗邑殿は、江戸留守居役《るすいやく》同盟を率いておられ、廻状《かいじょう》をされるなど、活発に動いておられます」

「なに、廻状を！」

俊平は、忠光を啞然として見かえした。

諸藩は、幕閣の動きをそれとなく探るため、江戸留守居役を立てて市中の料理屋に集まり、情報を持ち寄って語りあっている。酒席での小さな雑談だが、こうした席での意思の疎通《そつう》がけっこう馬鹿にならないことは俊平も知っている。

「その留守居役同盟には、いったいどのような藩が加わっているのだ」

忠相が忠光に訊ねた。

「伊達藩、桑名藩、忍藩、細川藩など錚々《そうそう》たる外様《とざま》の藩が加わっております」

「ややこしいことにならねばよいが……」

俊平はそう言って腕を組むと、ふと脳裏にお局館の土地の一件が過《よぎ》った。田安宗武が、城の外に別宅を物色中の話である。

「田安殿が、お局さま方の町屋の土地を欲しがっているのは知っておられるか」

俊平が、ぽろりとその話をすると、

「柳生殿、なんと申された」

忠相が、俊平を鋭く見かえした。

「田安殿は葺屋町のお局館周辺の地を買い上げたいそうな。文人《ぶんじん》、墨客《ぼっかく》を集めての風流遊びだそうな」

「なんとも、妙なことをされる」

忠相は、忠光と目を見あわせた。

「たしかにあの辺りは、お城からそう遠からぬところにあり、芝居小屋や人形浄瑠璃など、江戸の文化が華やかな地。面白いところかもしれませぬな」

忠光も、うなずいた。

「それゆえ、だから、お局さま方も強く愛着を感じておられてな。あの土地は離れたくないらしい」

俊平が、困ったようにそう言い、二人にこれまでの田安家との町屋を巡る抗争を語って聞かせた。

「田安様は郭内に立派なお屋敷を賜っておられまするに……」

大岡忠光が言って、うなだれた。

「お父上の住まわれる本丸の隣では、息がつまるのでしょう。わからぬでもないが……」

俊平も、苦笑いして後ろ首を撫でた。

「で、どうするというのです」

忠相が、怪訝《けげん》そうに俊平に訊ねた。

「お局さま方は、抵抗なされておられるが、ちと難しい。ただ、あの土地の地主は別におりましてな。なかなかの男伊達で、こちらも抵抗しておる」

「それは面白い」

忠相が、俊平を見かえしてにやりと笑った。

けっこう天の邪鬼なところがある忠相だけに、後押ししたいところらしい。

「できるだけ粘ってみてはいかがかの」

忠相が言った。

「はは、小父上は、ことのほか強情者で。天の邪鬼で通っておりまする」

忠光が、笑って忠相を見かえすと、

「なにせ、小父上は山田奉行当時、土地問題で、紀州藩《きしゅうはん》の吉宗公に反対して梃子《てこ》でも動かず、かえって見込まれたそうな。聞いておりまするぞ」

「されば、大岡家の家風かもしれぬの」

忠相が、そう言って苦笑いすれば、俊平も二人につられて笑い出す。

「されば、忠相殿が応援してくれると、お局方に伝えておきましょう。しかしながら……」

俊平はふと考えて、

「なにやら心配な。家重派と宗武派の対立が、お局館の騒動に移ってしまうような気がする」

俊平が、そう言って眉を顰めれば、

「はは、それもまた一興。あ、いや、そうも言うてはおれぬか」

忠相が、忠光を見かえし腹をすえた顔で笑いだした。

二

「伊茶、惣右衛門が先日、そなたのことで妙なことを申しておったぞ」

その日、城から木挽町《こびきちょう》の柳生藩邸にもどった俊平が、迎えに出た伊茶を前にして、そのふっくらとしはじめた肢体《したい》を着物の上からうかがった。

「まあ、惣右衛門さまが、いったい何でございましょうか」

「じつはな、伊茶の下腹の辺りが膨らんでいると申すのだよ」

ちらと伊茶の腹の辺りをまたうかがって、俊平が小声で声をかけた。

「まあ……」

伊茶はちょっと顔を紅《あか》らめ、俊平から佩刀《はいとう》を受けた慎吾をうかがい見た。慎吾も、ちょっと顔を紅らめている。

「その……、できたのでは、と申すのだ」

俊平が、言葉を詰まらせながら訊いた。

「まあ、そのようなことは」

伊茶は、クスクスと声をあげて笑いはじめた。

しとやかな伊茶は、時に一変して男のように振るまうことがある。

「殿方というもの、まことに女人の体についてはご存じありませぬな」

呆れたように伊茶が言う。

「それはどういうことだ」

「もしやや子ができたとしても、目立つほどに下腹が大きくなってくるのは、幾月も後のことでございます。今から目立って腹が大きくなるなど、ありえぬ話でございます」

ちょっと勝ち誇ったように伊茶が言う。

「まあ、それはそうであったな」

俊平は、首筋を撫でて慎吾を見かえし、苦笑いを浮かべた。

「たしかに男というものは、女のことを何も知らぬ。惣右衛門も、私も、とんだ早合点であった」

　そう言って伊茶を見かえせば、ちょっと悲しげな顔をしている。

「どうしたな、伊茶」

「はい。みなさまが私に期待なされている気持ちを知れば、まだできぬことがちと悲しうございます」

　すねたような口ぶりで、伊茶が言う。

「馬鹿を申すな。そなたと縁を結んで、まだ二年ほどしか経ってはおらぬ。そんなに早う子ができるわけもない」

　俊平が言えば、伊茶は面《おもて》を伏せてはにかむばかりである。

「どうも、めそめそしていかぬな。奥にばかりひっこんでおるから、そういうことを考える。もっと出歩いたほうがよい。道場に、もっと足繁《あししげ》く通《かよ》え」

「はい」

　伊茶は、そう言ってから、

「しかし昨日など、お局さま方のお館にまいりましたが、同じような話をされ、私はちと困ってしまいました」

「はて、あの館でもか。さては、惣右衛門の話が広がったか。あ奴め、余計なことばかりを申すゆえ」

俊平が唇を歪めて中奥、藩主の居室に移っていけば、惣右衛門もすぐに現れ、慎吾も茶を用意してふたたび現れる。

「ところで、惣右衛門。近頃、野々村《ののむら》城太郎《じょうたろう》は励んでおるか」

「城太郎なら、あいかわらず熱心に稽古に打ち込んでおりますぞ」

惣右衛門が弾むような口ぶりで言う。

よほど精進《しょうじん》がすすんでいるのだろう。城太郎については、惣右衛門は心ひそかに期待しているらしい。

城太郎は、伊予小松藩では伊茶が弟のように面倒を見ていた若者で、稽古のしすぎで腱《けん》を痛め、腕に負担のないよういろいろ工夫を凝《こ》らして修行に励んでいる。

惣右衛門とはなんの血のつながりもないが、遠い四国からはるばる剣の修行に出てきた城太郎の話になると、惣右衛門はつい顔が明るくなる。子のない惣右衛門にとって、城太郎は身近に接する子のような存在になっているのかもしれない。

「まことに、頼もしい奴よ。あ奴、近頃は我が子も同然に見えてくる」

惣右衛門の気持ちが伝わるのか、俊平も思わず相好を崩した。

「まあ、そのようなことを申されて」

伏せがちであった伊茶が顔をあげ、俊平を見かえしたが、ともあれいちばん嬉しいのは伊茶のようである。

「それにしても、殿も、目が子供に向いておられますな」

惣右衛門が言えば、

「そうかの」

俊平はにやりと笑って、つるりと頰を撫でた。

「城太郎は、たしかにこのところ、めきめきと腕を上げておりまする」

同じ伊予出身、親類同然の子供だけに、伊茶も誇らしげである。まだ十代だが、すでに柳生新陰流の天狗抄《てんぐしよう》までを修得したという。

「天狗とは山の気にて、時に形を成す」と言われ、この修行法は無形であるが、敵の動きに応じて形を成すを旨とする高度な構えである。

「腕の筋は、あいかわらずか」

「はい。たしかに時に痛みが走ると申しておりますが、なんの負けてはおれぬと」

「そうか、そうか」

俊平は話を聞いて安堵《あんど》の笑みを浮かべると、ふと家重のことを思いかえした。

「家重様は、城太郎以上に腱がつり、思うような動きができぬという。ご苦労されておられるようだ」

「まことにもって」

惣右衛門も、腕をさすってうなずいた。

「私など、もしそのような病に犯されますれば、気がふたがれて、居ても立ってもおられますまい。まこと、よくお耐えになっておられます」

「まったくよの。上様も、そんな家重公を、辛抱《しんぼう》強く支えておられる」

俊平も、吉宗の胸中を思いやった。

「時折、外にお誘いになられるそうな。鷹狩りにお連れになるそうにございますな」

惣右衛門が、俊平に顔を向けた。

「そうじゃ、上様はよく支えておられるが、それにしても、ご兄弟の仲が悪いのは困ったものだ」

そう嘆いて、城中で忠光に聞いた話を反芻《はんすう》し、三人で語りあうところに、奥の女が中奥の間に姿を現し、伊茶をそっと呼び出して、来客があると告げた。

「まあ、私に。どなたでございましょう」

伊茶が驚いて俊平を見かえし、声をあげた。

「葺屋町の吉野と言えばわかると申されております」

「なに、吉野がまいったのか」

名を聞いて伊茶より先に俊平が驚き、微笑んだ。

吉野は、わずか一万石の柳生藩邸だが、さすがの大名家上屋敷だけに遠慮をして裏の勝手口から声をかけたらしい。

「それにしても、吉野が伊茶に何の用があるのであろうな。ともあれ、私も惣右衛門も、知らぬ間柄ではないのだ。こちらに通せ」

「それが……、とても遠慮深いお方で、奥でけっこうと……」

女中も困っている。

「いやいや、ぜひにもここに」

俊平が奥女中に強く命じると、やあって、吉野が青い顔をして部屋に飛び込んできた。さすがに大きな屋敷のなかを藩士の間をかい潜ってきたためかとも思えたが、そういうことではないらしい。

「じつは——！」

吉野は、俊平を見るなりちょっと咳《せ》き込んで胸を押さえた。唾《つば》を、飲み込み損ねたらしい。

「私どもの館に……」

吉野は、おろおろと声をあげた。

「妙な男たちが大勢押しかけてまいりまして、早く立ち退けと暴れまわっております」

「なに、そ奴ら、館にまで来たのか！」

俊平は、惣右衛門と顔を見あわせ膝を立てた。にわかに部屋に緊張が立ち込めた。

「さだかにはわかりませんが、おそらく田安家の息のかかった連中であることはまちがいございません」

「して、どのような奴らだったのだ」

俊平が吉野の手を取って訊いた。

「それが、地主の所に現れたという、やくざ者のような連中で、とても武家の者とも思えませぬが、申すことはまぎれもなく田安家の使いと」

「それにしても、上様の御子である宗武殿が、よりによって町の無頼を使い、けなげに暮らすお局方を立ち退かせようなどとは、まことにもって言語道断なこと」

「ただこれを、田安様がすべてご承知かどうかはわかりませぬが」

やさしいところのある吉野は、宗武をかばって言った。

「まあ、そうかもしれぬがの」

俊平は、惣右衛門の顔をうかがった。

「して、みなは無事か」

「はい。みなただ震えるばかりで、部屋の隅で小さくなっておりました」

吉野が、館を思い出し眉を顰めた。

「女たちに、手出しはしなかったのだな」

「はい。そこまでは。ただ、家のなかで暴れまわり、家財をひっくりかえすやら、蹴《け》りつけて簞笥《たんす》を倒すやら、もう部屋のなかはめちゃくちゃで、寝る間もないありさまでございます。男たちが帰った後、みなで片づけはじめておりますが、それよりも、柳生さま」

「うむ？」

「あの連中、一部の者が館を去った後も、まだ外でこちらのようすをうかがっておりました」

「なに、まだおるのか。何故であろう」

俊平と伊茶が目を見かわした。

「おそらく、私たちがどう出るか、目を配っているのではと思われます」

「みな、怯《おび》えきっておりますので、今度またやってきたら、立ち退きに応じてしまうやもしれませぬ」

吉野が、おののきながら言う。

「負けるではないぞ。よし、これより私がまいろう」

吉野の両腕をつかんでそう言うと、俊平は意を決して立ち上がった。

惣右衛門も伊茶も、誘わずとも出かける支度を始めている。


急ぎ葺屋町のお局館を訪ねてみれば、部屋は吉野の言うようにひどく散乱して、手の付けられない状態になっており、簞笥の衣類までがすべてまき散らされて、足の踏み場もないまま。商売道具の三味線《しゃみせん》や茶道具、花器の類《たぐい》もあたりかまわず部屋に投げ出されている。

女たちも、どこから片づけてよいのかわからないようすであった。

「これは、ひどいの」

廊下に立ったまま部屋を見まわし、俊平が出迎えた綾乃に言った。

「怖い顔の男たちが、懐に手を入れたまま、こう肩を突き出し、斜《しゃ》に構えるのでございます」

と、雪乃がやくざ者の仕種《しぐさ》を真似た。

「もう、恐ろしくて、ただただ小さくなっておりました」

綾乃は、目頭《めがしら》を抑えて狼狽《ろうばい》を隠さない。

「また来る、と申しておりましたよ」

女たちが、口々に俊平に告げた。

「その奴ら、どこの誰と申しておったのだな」

「なんでも、神田赤鞘組《かんだあかざやぐみ》などと申しておりました」

吉野が言った。

「神田赤鞘組か。あまり聞かぬな」

「おそらく、悪質な町のやくざ者の類と存じますが」

惣右衛門が、唇を曲げて言った。

「いずれにしても、裏で宗武殿か松平乗邑とつながっているのであろうが、それらしいようすはなかったか」

「申すことには、田安さまの名がたびたび。田安さまに逆らえば、徳川将軍家に逆らうも同然、磔《はりつけ》、獄門《ごくもん》もありうると申し、恐ろしくて、恐ろしくて、もう言葉も出ませんでした」

綾乃が狼狽を隠しきれずに言う。

「なに、何も悪いことはしておらぬのだ。獄門、磔の刑などに遭おうはずもない。それより、これでは今宵《こよい》は寝るところもなかろう」

俊平は、あらためてどこに座ったものかと部屋のなかを見まわした。

だが、散らかった物を横にどけ、小さな隙間をつくって座るよりない。

「二階はまだましでございます。ひとまず今宵は、みな二階で休むことにいたします。それより、柳生さま?」

若い雪乃が、俊平の腕を摑《つか》んで訊ねた。

「あいつら、まだ外に何人かようすをうかがっています。ここに残っていただくわけにはいきませんでしょうか」

雪乃が入り口の方角に目をやって不安げに言った。

「さようでございます。ぜひにも」

吉野も、せがむように言う。

「だが、それはちと難しい。わずか一万石だが、これでも私は柳生の藩主でな。夜を徹してずっとここに控えておるわけにはいかぬ。それに、相手は次にいつまた顔を出すかは、わからぬしの」

「まあ、どういたしましょう」

雪乃が、眉を顰めて肩を落とした。

「されば、ひとまず惣右衛門に居残らせよう。惣右衛門なら腕も立つし、手裏剣《しゆりけん》は伊《い》賀流《がりゆう》の本格的なものだ。やくざ者の五人や十人、やすやすと平らげることができる」

「いや、それほどでもござらぬが……」

惣右衛門が、ちょっと照れたように俊平を見かえし、

「されど、道場では日々鍛練《たんれん》を欠かしておりませぬ。このような時こそ、それが役立つかもしれぬ」

急に態度を変えて胸を張った。

「それに、後々段兵衛《だんべえ》にも加わってもらおう。あ奴も、喜んで飛んでくるはず」

「まあ、それは頼もしうございます。今日ほどみなさまを頼もしく思えたことはございませぬ」

俊平は、笑って伊茶を見かえした。だが、伊茶はまだ憂《うれ》い顔である。

「いつも、段兵衛殿や惣右衛門殿が控えているわけにもいきませぬ。これは町奉行所に届けたほうがよいのではないでしょうか」

伊茶が、遠慮がちに俊平に言った。

「しかし、伊茶さま。相手は田安家。将軍吉宗さまの実子でございますよ。奉行所が、

取りあってくれましょうか」

綾乃が、不安そうに伊茶に問いかえした。

「なに、やってみるだけはやってみよう。今宵はもう遅いが」

「されば、今宵は私もついていてさしあげます。明日、奉行所に私が訴え出ることにいたしまする」

伊茶が、綾乃の手を取って言った。

「まあ、ならば柳生さまお一人だけお帰りで？」

吉野と雪乃が、俊平を見てつまらなそうな顔をした。

「惣右衛門と伊茶がおれば、よいではないか」

綾乃が、そうだと二人を宥《なだ》めた。

「それは大丈夫と存じますが、せっかく柳生さまに来ていただいたのに」

吉野が、どこか甘えるように俊平の袖を取る。

そんな吉野のようすを見て、雪乃が心配そうに俊平と伊茶を見くらべた。

伊茶は、笑ってばかりである。

「だいいち、これでは座るところもない。すべては明日からだ」

吉野も、ようやく動転している自分に気づいて、大人しくうなずいた。

「なに、私がおれば大丈夫でございます」

伊茶が、吉野の手を取って言った。

「だが、伊茶。そなた、剣を持ってきておらぬが、大丈夫か」

「なに、やくざ者の五人や十人。竹箒《たけぼうき》の一本もあれば、それで足りましょう」

それを聞いて、綾乃と吉野が驚いて顔を見あわせた。

「伊茶さまは、一刀流《いっとうりゅう》の免許皆伝《めんきょかいでん》でございます」

惣右衛門が、女たちに笑って言った。

「そうでございました」

雪乃が、嬉しそうに伊茶にしがみついた。

「惣右衛門、明日にもさっそく段兵衛の裏長屋を訪ね、用心棒を頼んでみてくれぬか」

「心得ましてございます」

惣右衛門が、落ち着いた口調で応じた。

「されば、伊茶、皆の衆」

俊平が別れを告げ、立ち去ろうとするのを、みなが名残惜《なごりお》しそうに戸口まで見送りに出てくる。

外に出れば、もう夕暮れから夜に向かう時分で、通りには人影もない。

送りに出た惣右衛門が、俊平に近づいてきて、

「だが、ここまで旗幟《きし》を鮮明にすれば、ますます宗武様との関係は悪くなりませぬかな」

と、語りかけると、

「万一にも、上様が田安様を次期将軍にお選びになられれば、もはや柳生家はお取り潰しはまぬがれまい」

冗談とも本気ともとれる口ぶりで俊平が返した。

だが、目は笑っている。

「私も細々と田を耕《たがや》し、ひっそりと暮らすよりあるまいぞ」

俊平が、苦笑いして惣右衛門にさらに言い添えると、

「はい。私は殿にどこまでも付いてまいります」

惣右衛門はそう言って、一転おおらかに俊平に笑いかえすのであった。

それから二日ほど経った日の午後になって、俊平が惣右衛門を伴いふたたびお局館を訪ねてみると、その日は朝から伊茶と段兵衛が詰めており、俊平主従を戸口まで出

迎え、

「やはり、駄目でございました」

と、挨拶《あいさつ》も抜きに伊茶が言う。

なんのことやら問いかえすと、吉野が南町奉行所に届けに向かったものの、昨日は同心が訪ねて来て、いちおう事件を聞くなどしてくれたが、しだいに逃げるような素振りを見せはじめ、ついには姿を消してしまったのだという。

「情けない町方役人よ」

出迎えた段兵衛が、嘲《あざけ》るように言った。

段兵衛は、このところ稽古でみっちり汗を流しているそうで、言葉の端々《はしばし》に気合が入っている。

「私もその翌日、奉行所に出向き、南町奉行の松波筑後守《まつなみちくごのかみ》さまに会わせてほしい、と直談判《じかだんぱん》しましたが、多忙ゆえ会えぬと拒まれ、しかたなくもどってまいりました」

綾乃がすぐに進み出て、語気を強めて俊平に告げた。

綾乃はひどく機嫌が悪い。

「松波殿も、やはり田安様や老中松平乗邑殿は怖いのであろうな。これではまったく埒《らち》があかぬ」

あきらめて草履《ぞうり》を脱ぎ奥に上がれば、公方《くぼう》様や中村座の若い役者が数人来ているのが見えた。

「おお、柳生殿――」

公方様喜連川茂氏《しげうじ》が、声をかけてくる。

ここに来るのに、藩主の装いは堅苦しいのだろう。茶の羽二重《はぶたえ》姿で、供も白髪《しらが》の老臣一人である。

「おお、どうなされた」

「いやな、今日は段兵衛殿が多忙ゆえ、替わってくれぬかと頼まれての」

「はい、私が喜連川藩にお願いにまいりました」

吉野が、片目をつぶって言った。落ち着かないようすの段兵衛は、入れ替わりに帰るらしい。

とはいえ、風来坊の段兵衛もこの争いには黙っておれぬのだろう。なかなかに険しい表情である。

「しかし、ご藩主がお局館では、貴藩がお困りであろう」

「いや、私のところは、藩と言うてもたかだか五千石。さしたる大事が起こるはずもない。明日からは、段兵衛殿がまたもどって来られるしの」

公方様は、さして気にするようすもない。

「まかしておけ、おれはいつでもここで番をするぞ」

段兵衛が、分厚い胸を叩いて言う。

「段兵衛さまだけでなく、公方さままで来てくださって、まことに安心でございます。公方さまのこの巨体、大弓を引く膂力《りょりょく》は、百人力でございます。誰も館に寄せつけません」

吉野がそう言って、三人分ほどもあろうかという公方様の二の腕に嬉しそうに絡みついた。

「はは。買いかぶられたものよの。されば、久しぶりに今日は半ばここでのんびりいたそうか」

茂氏が、その巨体を揺らしてそう言えば、俊平も座り込み、惣右衛門も加えて男たち三人の輪ができる。

「みな集まったな。おれも帰りたくなくなるではないか」

入れ替わりに立ち去ろうとした段兵衛も、また座り込んでしまった。

「魚は鰹《かつお》、蛸《たこ》、ひらめ、まぐろでございます。こちらはさしみではなく膾《なます》。生のまま、細く刻んで酢《す》で調理したものでございます。調味料もいろいろ取り揃えております。

いずれも、ご賞味ください」

膾には辛子酢《からしす》、山椒味噌酢《さんしょうみそず》、酢味噌もお勧めで、調味料もなるほど豊富である。

まぐろは、この当時は下魚《げぎょ》とされているが、女たちはいちはやく旨い魚と目をつけている。

「これは、あい済まぬな」

俊平も、公方様の隣に座って銚子《ちょうし》を持ち、酒を酌《く》み交《か》わしはじめると、なにやら表が騒がしい。

「もしや」

みなが顔を見あわせれば、やはりくだんのやくざ者らしい。

表がわっと騒がしくなって、どかどかと土足で廊下を歩いてくる男たちの足音が轟《とどろ》いた。

「ほうら、おいでなすった」

俊平が言えば、公方様と段兵衛も嬉しそうに拳《こぶし》を上げた。段兵衛は、帰りそびれたことをむしろ喜んでいる。

「なんでえ、おめえたちは」

奥の間に俊平、茂氏、段兵衛、惣右衛門の四人を見つけて、げじげじ眉の男が廊下で声をあげた。

「おいおい、土足で、求められもせず他人の家に上がってきたあげく、なんだはないであろう。私たちは、お局方の客人だ。おまえたちこそ、どこの馬の骨だ」

俊平が、七人の無頼を睨みすえて言った。

「聞いて驚くな。おれたちゃな。神田赤鞘組のモンだ」

「神田赤鞘組か、聞かぬ名だな」

俊平が、公方様と顔を見あわせ笑った。

「知らなきゃ、教えてやろう。大江戸も大川《おおかわ》の西じゃ、知らねえ者はねえ。土地の売り買いで名を馳《は》せる讃岐《さぬき》の源右衛門《げんえもん》という大旦那だよ」

「なら憶えておこう」

俊平が、男たちをぐるりと見まわしてから、

「だがその大親分、あまりまっとうな輩《やから》ではなさそうだな」

「な、なんだと、てめえ！」

眉の太い男が、グッと前に出てまた後ずさった。四人を手強そうと見てやはり退《ひ》きさがったのであった。

「おまえたちだろう。前にも土足で上がり込み、簞笥のなかのものをひっかきまわし

て、家財道具を引き倒すなどの乱暴狼藉《らんぼうろうぜき》をしたのは。やくざのすることは、どいつもこいつも、あまり変わらぬな」

「やることは同じかもしれねえが、おれたちはちょっと違っている。お上《かみ》のお墨付きだ」

「誰のお墨付きだ」

「聞いて驚くな、上様よ」

「上様といゃア、八代将軍吉宗公だ。吉宗公が、おまえたちのようなやくざ者にそんなことをお認めになるとはとても思えぬな」

俊平が、笑いながら男を見かえした。

「おっと、正確には上様のお子様だった。田安家ご当主の田安宗武様だよ。田安様といやア、泣く子も黙らあ」

「ほう、田安様がな。田安様に、いったいどんなお墨付きをもらったのだ」

俊平が、抉《えぐ》る鋭い眼差しを向けた。

「田安様はな、この土地に別荘をお建てになるのよ。だから、立ち退けとおっしゃっている。なんせ上《うえ》つ方《かた》のお話だ。四の五の言わせねえよ。邪魔する者は、多少の手荒なことをしてもいいとおっしゃっている」

「将軍の子なら、どんな横暴も許されるという話は通るまい。だいいち、この土地はお局方のものではないのだぞ」

「地主の花角に掛けあったところ、お局方しだいという話だった。だから、こっちに廻ってきたのよ」

そんなことはとうに承知と男は鼻でせせら笑った。

「そういうことだな。だがお局方は、ここを立ち退くつもりはないとおっしゃってお る。ならば、もはや話す余地はなかろう」

「おい、てめえら。舐《な》めるんじゃねえぜ。田安様に逆らっても、おめえたちには、なにひとつ得なことはねえんだぜ」

背の高い、頬に刀傷のある男が言った。

「なんせ、将軍の御子様だ。おめえたちに、大きな罪をかぶせることだってお手のものよ。磔《はりつけ》獄門《ごくもん》なんでもござれだよ。逆らわねえのが身のためだ」

隣の狸《たぬき》のように目尻のさがった丸顔の男が言う。

「おい。それは、聞き捨てならぬな。将軍の子なら、真っ正直な人間に罪をかぶせて獄門台送りだと、それじゃァ、世も末だ。吉宗公がお聞きになったら、目を剝《む》いて驚かれよう」

「野郎、嘘だってのかい！」

「ああ、嘘に決まっている」

俊平が立ち上がった。

男たちがギョッとして俊平の前に立ちはだかった。

「な、なんでえ」

俊平が前に出ると、男たちは気圧《けお》されて、

「だがよ、そんなことがまかり通るのが娑婆《しゃば》ってえものなのよ。おめえたち、南町奉行所に訴えて、取りあってもらえたのかい」

と言った。

「あいにくな。弱腰の南町奉行だ。かつての大岡忠相殿であれば、そのようなことはなかったであろうが」

段兵衛が、残念そうに言った。

「大岡だが、小岡だか知らねえが、誰にしたって無理だよ。おれたちの後ろにゃ、田安様がついている。いや、それだけじゃねえ。ご老中の松平乗邑様だってついてらア」

「老中か」

「知らねえのかい。佐倉藩六万石のお殿様だよ」

「じゃァ、その殿様、おまえたちの親分なのかい」

「いや、親分は別だ」

「はは、そうか。つまり、みな、つるんでおるのだな」

「なんでもいいが、さっさと家を明け渡すという証文を書きな。そしたら嫌な思いは、もうしなくてよくなる」

男は、証文を書けと迫る。

「柳生様、先日と同じことを始めました。もうこのあたりで、片づけてくださいまし」

今日は、殊《こと》の外《ほか》強気の綾乃が、俊平の腕にすがりついた。

「柳生だと？」

猫背の男が、ぎょっと目を剝いた。

「そうだよ。将軍家剣術指南役の柳生さまさ。わかったら、さっさと帰りな」

吉野が黄色い声をあげて、男を睨みつけた。

「剣術指南役が、どうしてこんなところに」

「いらっしゃっちゃ、いけないのかい。こちらの柳生さまはね、剣豪でいらっしゃるけど、趣味の広いお方でね。あたしたちとは、いつも歌舞伎《かぶき》のお話でぐんと盛り上がるのさ」

雪乃が大声で叫ぶ。

「それに、こちらさまは、喜連川の公方さまだよ。足利将軍家のご末裔《まつえい》だ。徳川より古いんだよ。顔も効くのさ。どうだい、おまえたち」

「へん、妙な奴らが出てきたもんだぜ」

猫背の男がじりじりと後退して、遠巻きに俊平と段兵衛、公方様を睨みすえた。

「とにかく、四の五の言わせねえ。さあ、証文を書くかどうか。ええっ、どうなんだい」

ずんぐりした小男が、二人を避けて袂をかいこみ、綾乃の前にどかりと胡座《あぐら》をかいた。

「証文など、書けないよ」

綾乃が言えば、女たちが揃って、そうだ、そうだと囃《はや》し立てる。

「なんだと、この尼ッ子どもッ！」

座り込んだ小男が、凄《すご》い形相《ぎょうそう》で懐の匕首《あいくち》を引き抜き、畳の上に突きたてた。

「先生ッ」

綾乃が、俊平にまたすがりついた。

「もう、いいだろう。証文は書かぬと言うた。帰るがよい」

俊平がまっすぐな眼差しを向けると、男たちが揃って懐を探った。

俊平が、手前の狸顔の男の手をすばやく片手で摑んで捻りあげる。

もう片方の手で懐を探れば、手垢《てあか》で黒ずんだ匕首がするすると出てきた。

「あ、そいつを返しやがれ」

「おまえたち、こんなもので脅しまくって、無理やり売りたくもない土地を安価で取りあげてきたのだな。まっとうな商売ではない奴らと見たが、やはりそのとおりだったようだな」

俊平が凄んでみせれば、みながいっせいに後退った。

「ここのお局方は、そんなクズのお前たちには売らぬととうに決めておるそうだ。とっとと消えて失せるがよい」

茂氏が、その巨体を立ち上げ関取《せきとり》のように両手をぬっと伸ばして、取り囲んだ男たちを見あげれば、男たちは気をのまれてさらに後退った。

「野郎、やっちまえッ！」

猫背の男が、仲間の男たちを振りかえると、男たちがわっと公方様に群がっていく。

だが、どいつも公方様の左右の突きに、弾き飛ばされた。

残ったやつらは、段兵衛の柔術で部屋の壁にたたきつけられた。家が、そのたびに大きな音を立ててきしむ。俊平は、背後に回り、逃げ支度の男たちに、

「おい、ここだ」

と叫んで、慌てふためくそ奴らの手を取り、次々に投げ飛ばしていった。

こちらは、流麗《りゅうれい》な無刀取《むとうど》りに通ずる美事な投げである。

だが、今日の花形は公方様と段兵衛であった。

公方様は、立ったまま、つっかかってくる男たちを相撲《すもう》さながらに張り手で押しつぶしていく。柳生宗矩から分かれた新陰治源《しんかげじげん》流《りゅう》の柔術を修める段兵衛は、襟首《えりくび》をつかんで、足を掛けてねじ伏せ、蹴り跳ばし、圧倒した。

七尺を越える大男、みなの倍の巨体の公方様と新陰治源流の奥義《おうぎ》を極めた段兵衛の技にかかれば、男たちは木の葉のように弾き飛ばされてしまうようである。

素手《すで》の勝負では、もはや柳生俊平も形無しであった。

「畜生、憶えてやがれ！」

七人が叩きのめされ、廊下や部屋の隅にへばりついた。

「なんだ。口ほどにもない奴らだ」

俊平が、気抜けしたように言った。

「お、おぼえていやがれ！」

猫背の男が、前後を挟んだ俊平と公方様と段兵衛を見かえすと、仲間の男たちを引き連れ、捨《す》て台詞《ぜりふ》を吐いて足を引きずりながら家を飛び出していった。

「吉野さん、塩を用意してッ！」

「はい、今すぐ！」

吉野が台所に飛んでいくと、塩壺《しおつぼ》を抱えてまた飛び出してきた。

戸口に駆けてゆき、三和土《たたき》の上から男たちの去った戸口に勢いよく塩を撒《ま》く。

みな、上がり框《かまち》までやってきて、それを面白そうに見ている。

「殿」

惣右衛門が、俊平の脇に立って小声で言った。

「これで、宗武様まで、すべて話が伝わってしまいますな」

「まことよな」

俊平は、だがそのようなことは意に介するようすもない。

ちょっと複雑な表情になって、俊平が苦笑いした。

「上様の気が変わり、宗武さまが将軍とお成りになれば……」

「また、その話か。惣右衛門は、いつから皮肉屋になった」

俊平は、惣右衛門を見かえして目を剝いた。

「あ、これはさようでございますな……」

惣右衛門が気がついて頭を搔く。

「そうだよ。考えていてもしかたない。成るようにしか成らぬ」

公方様喜連川茂氏が、隣に立って言った。

段兵衛も大きくうなずいて同意した。

「はは、その時は、その時のこと」

俊平も屈託《くったく》なく笑い、公方様と段兵衛が顔を見あわせ、つられて笑いだした。

三

それから十日ほど経ったある日の昼下がり、国表から届いた書類の山に目を通していた俊平は、ひと段落してごろりと畳の上に転がり、このところ俊平の周辺に起きた出来事に頭を巡らせた。

お局館から、書状が届いている。

あれ以来、やくざ者の再訪はなく、また田安家の侍どもも訪ねてこないとのことである。

まあこれで、ひと安堵といえる。

（だが、それも妙であるな……）

俊平の胸に、かえって不安が過《よぎ》った。考えすぎかとも思うが、大きな企《たくら》みが進行しているような気がしなくもない。

田安宗武にしても、松平乗邑にしても、お局方側に俊平や公方様が付いたからといって退くような男たちではない。

彼らにとっては、俊平も公方様も徳川吉宗のお気に入りではあれ、しょせんは菊《きく》の間《ま》詰めの小大名にすぎない。むしろ、嵩《かさ》にかかって攻撃の準備を始めていても不思議はなかった。

「俊平さま……？」

小さく障子が開けられて、伊茶が部屋に顔をのぞかせた。

「おお、そなたか」

俊平はごろりと向き直って伊茶を見かえした。

「お疲れでございましょう」

茶を淹れた盆を抱えている。伊茶は、畳に転がったままの俊平の脇に座った。微《かす》かに炷《た》き込んだ香の薫《かお》りがする。厭味《いやみ》な薫りではない。落ち着いた品《ひん》のいい香木の薫りである。

女武芸者として剣一筋に生きてきた伊茶が、俊平の側室に収まっていられるのか、と危ぶむ声もあったが、今になってみればそれは杞憂《きゆう》であったことが知れる。

伊茶はすっかり女らしくなって、俊平に寄り添ってくれる。その姿は、妙齢《みようれい》の新妻以外の何者でもない。

時折、別れた前妻阿久里《あぐり》を思い出すこともあるが、しだいにその影は薄れ、伊茶にとって替わろうとしている。

伊茶は、まず俊平に添《そ》い遂《と》げることが先で、しばらくは竹刀《しない》を封印するという。口だけではない。伊茶は厳しく己《おのれ》を律し、自らが課したこの掟《おきて》を守っていた。

ただ俊平は、伊茶が熱心に打ち込んでいた剣術の世界を奪い取りたくなかった。道場に出ても、野々村城太郎の稽古を見ているだけの姿に、俊平は一抹《いちまつ》の寂しさを覚えるのである。

「そなた、よもやもう竹刀を持たぬのではあるまいの」

「いいえ。そのような……」

伊茶はそう言ってから、

「このところ、あらためて思うことがございます」

と伊茶は落ち着いた口調で言った。

「私から竹刀を取りあげれば、なにが残るのであろうかと。ただ、今は俊平さまの妻としてあまりにやるべきことが多く、それを思えば竹刀にはまだ心が素直に向かわぬのでございます」

「それならよいが。私もそなたから竹刀は奪いとうないのだ」

「ありがとうございます。ただ……」

「なんだ?」

「このところなんとなく、体に力が入らず、ぼんやり過ごすことが多くなっております。女の体になってきたのなら、それはちと困ります」

伊茶が、うかがうように俊平を見た。

「なるほどな、妻に専念するとなれば竹刀を忘れ、どんどん女人に変わっていくかもしれぬな」

「まあ、そうではなく」

「されば、病ではあるまいの」

「いいえ、そのようなことは……」

伊茶はうつむいてから、また俊平を見かえし、

「ない、と存じます」

自分に、言い聞かせるように言った。

「ちと、心配じゃの。熱でもないか」

立ち上がり、伊茶の額に手を当てれば、さほど自分と変わりないことを知り、俊平はひと安堵するのであった。

「しかし、そなた……」

俊平はふと考え、もういちど伊茶を見かえした。

「はい？」

「もしや、とは思うが……」

伊茶は、うつむいたまま何も言わない。

「その、私にもわからないのです」

伊茶が、ややあってポツリと言った。

「その、そういうことは、まだ今もあるのか」

「じつは……」

「なに、止まっておるのか」

「はい」

伊茶はそう言ったまま顔をあげない。俊平もいよいよ真顔になって、伊茶の肩を摑んだ。

「それは、世にいうお目出《めで》たというものではないか……」

俊平は目を輝かせて、うつむく伊茶の顔をのぞいた。

「しかし、まだ。はっきりしたことはわかりませぬゆえ」

「いや、そうだ。きっと、そうであろう」

「俊平さまは、もしそうであれば嬉しうございますか……？」

「当然だ。いや、まったく……、なんと申してよいか、……でかしたの、伊茶！」

「いえ、まだ、その……」

伊茶は、ふたたび顔を紅らめ、うつむいた。

「そうか、そうか、できたか」

「俊平さま……？」

「なんだ、伊茶」

「まだはっきりしませぬゆえ、ぜったいみなさまにお話しなされませぬようお願いいたします」

「それなら、黙っていよう」

俊平が両手で伊茶の腕を抱えると、惣右衛門がいつものように部屋に入ってきて、

「あ、これは……」

と、目をそむけた。

「どうした、惣右衛門。なにも差しつかえることがあることはない」

「そうでは、ございましょうが……」

惣右衛門が、遠慮がちに伊茶に目を向ける。

「なに、ちと喜ばしいことがあっての。それゆえ、伊茶を褒めていたところだ」

「はて、喜ばしきことでございまするか」

惣右衛門は、首を傾げて伊茶の横顔をのぞき込み、

「ははあ、なるほど。さようでございましたか」

にんまりと顔をほころばせた。

「そち、なにを考えておる」

俊平が、怪訝そうに惣右衛門を見かえした。

「いや、みなまで申されまするな。これは、まだ内々のことゆえ、それがしは誰にも

申しませぬ」

「惣右衛門、そなた、それだけですぐにわかるのか」

「なに、歳の功は伊達ではござりませぬぞ。それに伊茶さまのお顔に書いてございます」

「はて、なにが書いてある？」

俊平は、手で頬を押さえる伊茶の顔をのぞき込み、首を傾げた。

「そういうものかの」

俊平は不思議そうにうなずいた。

「惣右衛門。これは、まだはっきりしたことではないのだ。ぜったいの秘密だぞ。邸内の者には、けっして誰にも申すでない。よいな」

「かしこまってございます。慶事《けいじ》でございますが、まだ決まったことではございませぬ。けっして他言はいたしませぬ」

伊茶は惣右衛門を見つめて、困ったような顔をした。

惣右衛門は口の軽い男ではないが、根が正直者ゆえ、いつまで隠しておけるか知れたものではない。

そんな伊茶自身、まず自分の身に起こっていることが、まことのことか、確証がもてないのであった。

「そうか、そうか。されば、ちょっと出てくる」

俊平は、落ちつかない気分で部屋を飛び出した。

上気した気分のやり場がない。どこへ向かうかも知れず、玄関を飛び出すと、俊平の足を向けた先は堺町《さかいちょう》の中村座であった。

四

中村座三階の大階段を上りきったいちばん奥、大御所団十郎の大部屋は、大きな隔てもなく、あいかわらずの人いきれである。

芝居には厳しい大御所だが、弟子にはやさしく誰でも気楽に受け入れ、ざっくばらんに助言を与えるため、大勢の若手の大部屋役者は後を絶たず、部屋にわいわいやってくる。

だが今日はめずらしく、大御所は不機嫌そうに三代目に小言《こごと》を言っているところであった。

「あ、こりゃア、柳生先生」

大御所は俊平の姿を見かけると、手をあげて声をかけ、

「こいつが、へマばかりやってるもんで、つい怒っちまいましてね」

と、苦笑いしてみせた。

その三代目団十郎だが、どちらかといえば丸顔の団十郎とはちがって細面《ほそおもて》の狐顔《きつねがお》で、眉は濃く、目は細く、明らかに二代目と印象がちがう。

俊平は、もう何度も見かけているが、初代団十郎の愛弟子《まなでし》から貰い受けた養子ということで、大御所も気を使ってはいたが、今日ほどこっぴどく叱っているのを見るのは初めてであった。

十八歳の、ちょっと目にはただの青白い顔の青年にすぎず、顔を歪めてうつむく姿は、不憫《ふびん》なほどである。

「どうしたのだい、三代目」

俊平は、眉をしかめて訊ねた
「いえね、こいつ、まるで、台詞《せりふ》を憶えようとしねえんですよ。だから、とちってばっかりでね。これで初日までに間に合うか、心配になっちまってね」

どうやら、今日が本読みの台詞合わせの初日らしい。

だが、俊平が聞く話では、三代目はむしろ台詞覚えはいいほうで、得意の外郎売の

台詞など、すっかり空《そら》で覚えて、

——まるで大御所そっくりだった。

と市中の評判を取っているほどである。

親子ではないだけに、両者の間には複雑な心理がはたらいてきたのだろうが、時にはこうした緊張をはらんだ関係にもなるものだろうと俊平は思った。

おそらく、大御所の抑えていた遠慮が、一気に爆発したのだろう。

「そこのところ、もういちど言ってみな」

二代目団十郎がそう言って三代目を促せば、

「へい」

三代目はうつむいて、また小声で台詞を語りはじめた。

団十郎は黙って聞いている。

「よし、今度はなんとかうまくいったようだな」

団十郎が、相好を崩して小さくうなずいた。

「よかったな」

俊平は、三代目の肩をたたいた。

顔もかたちはいろいろある。顔は似ていなくたって、心が通えば、親子も同然である。まして芸の世界なら、血が繋《つな》がっていなくとも、芸の伝承が大事と、三代目は養子だっていいと二代目は割りきったのだろう。

それはそれで、分別である。

あるいは、吉宗も、長子相続の原則を優先させたが、家重に想像する以上の不満を溜めているのかとふと思った。そう思いながら、若手の稽古に向かう俊平を大御所が呼び止めて、

「例の話だけど――」

と声をかけた。なにかと思えば、お局館の地上げの話らしい。

「うちの若いもんから話は聞きましたよ。いくら将軍の子だからって、なんとも横暴な話じゃござんせんか。けっして負けちゃいけませんぜ」

大御所は腕まくりして言った。

「将軍の息子だろうが、老中の支えがあろうが、土地はもともと天の下、誰が独り占めできるもんでもないはずでしょう。あえて言えば、江戸の庶民のもんじゃござんせんか」

「まあ、そうだな」

俊平は大御所からそう言われて、それはもっともな話と言った。

「この江戸のご意見番、団十郎の目の黒いうちは、このあっしが許さねえ。と言いたいが、ここは相手が悪い。柳生先生頼みだ。なんとかしてやってくだせえよ」

大御所が手を擦るようにして頼み込むと、話を聞いていた戯作者宮崎翁が妙なことを言う。

「いえね、あっしと大御所は、あの土地の地主の瓢右衛門さんをよく知ってるんですよ、ねえ」

宮崎翁は大御所に同意を求めた。

「それは奇遇だね」

「あっしと大御所が教えてもらってる俳句《はいく》の先生の古くからのお弟子さんでね。義侠心の旺盛な人だ。あの人は、頑固《がんこ》だからなかなか譲らないだろうよ」

団十郎も、宮崎翁に替わってそう言って笑ってみせた。

「先々代の親父さんが、ご商売で大儲《おおもう》けしなすって、あの人もずいぶん遣り手と聞いている。いつもお局さんと仲良くしてて、まるで売る気はないはずだ。大丈夫でさア」

「そうか。安心したよ」

俊平は、ふっと安堵して大御所を見かえした。

「それにしても、先生、今日はなにやら嬉しそうな顔をしてらっしゃいますね。なにかいいことでも」

ふと俊平の顔を探るように見て、大御所が訊ねた。

「あ、いや。なんでもないよ。でも、あんたはさすがに偉いね」

俊平が応じる。大御所はきょとんとした顔をした。

「芸の道にはさすがに厳しい。せいぜい三代目をしごいて、立派な役者に育ててやっておくれな」

「まあ、そりゃァ」

「なに、子なんて、できなくたっていいんだよ。その人が代わる値打ちがあるならば、子に代われる」

俊平は大御所と三代目を交互に見て言った。

「おや、柳生先生。妙に年寄じみたことをおっしゃいますね」

大御所団十郎は、しきりに首をひねりながら、もういちど、俊平の横顔をうかがい見た。

第三章　他流試合

一

中奥将軍御座の間は、その日大きく開け放たれ、遠く廊下越しに内庭が見えていた。部屋が暗いだけに、その外の明るさがまぶしいくらいである。

そこに、でんと据えられているのが雨の量を計る大樽《おおだる》で、吉宗はそこに溜まる雨の量を確認し、その数値を逐一《ちくいち》小姓に控えさせているのであった。

このところの吉宗の関心は、奥州《おうしゅう》の米の作柄である。

西国の飢饉《ききん》はようやく収まったかに見えるが、今度は奥州の米作がいちだんと落ちてきており、旱魃《かんばつ》を引き起こしかねない雨量の減少がつづいている。

「まことに、嘆かわしいことじゃよ」

将軍吉宗は、呼び寄せた俊平と大岡忠相に憤然《ふんぜん》と言ってみせた。

「このところ、さっぱり雨が降っておりませぬな」

俊平が内庭の晴天を振りかえって言う。

「うむ」

吉宗は、雨量を記録した帳簿をパラパラとめくって、

「雨の量もそうだが……」

吉宗は、ふと別のことを考えたらしく、

「家重のことも、ちと気になる……」

と、ひとり事のように言った。

この日は登城日で、朝から菊の間に小姓がやって来て、

――上様が御座の間にと申されておられます。

と伝えて帰った。

このところの吉宗は思いどおりにならぬことがつづいており、やや判断に自信が持てず、俊平や忠相に意見を求める。俊平は吉宗の疲れを見てとっている。

ぼちぼち将棋の駒を並べはじめていた俊平は、ふと吉宗を見かえした。

吉宗にはもともと気まぐれなところがあり、話題もよく変えるが、俊平は吉宗とは

妙に気の合うところがあって、その心の動きがよくわかる。

「はて、家重様のこと、気になると申されまするると」

俊平が、吉宗の横顔をうかがった。

「酒色に溺れる日々が多いというのだ。体の鍛練も怠《おこた》るばかりで、動きもあまりよくないようじゃ。先日も、小菅《こすげ》へ鷹狩りを誘ってみたが、行かぬと申してな。奥に引き籠もってしもうた。体の鍛練を怠るくらいはまだよいとして、あの歳で酒や女に溺れておるのは、いささか軟弱すぎよう」

「それは、いけませぬな」

俊平は曖昧《あいまい》に笑ったが、酒色の話は別として、家重の運動嫌いは格別の事情があってのこと、ある程度はいたしかたないと思う。

家重の筋の張りはなかなか治まらず、なにをするにもあらぬ方向に体がねじれてしまうので、人前に余り出たくないと聞いている。

だがそれでも、家重は時折吹上あたりに姿を見せ、体づくりに励んでいると俊平は聞いている。

あえて言えば酒色のことだが、それよりも吉宗は、西ノ丸での家重の生活ぶりを誰かから誇張して伝え聞いているのではないか、と思えるフシがある。

「あ奴の女好きは、西ノ丸では知らぬ者がないという。次から次に手を付け、すぐに飽きると放り出す、ともっぱらの噂じゃ。酒もかなりの深酒らしく、噂では日々五合は飲んでいるという。いや、時には一升におよぶともいう。今はよいが、深酒は老いて後、体にずんと応えてくる。あの年で、酒色に耽《ふけ》り荒《すさ》んだ暮らしをつづけているのはまずい。将軍位を継ぎ、政をはじめるのはこれからというに」

「困ったことに、ござりまするな」

大岡忠相も、吉宗を見かえして眉を顰めた。

「それに比べ、宗武はだいぶ大人になったそうな」

将軍吉宗は、ふと明るい顔になって弟に話題を移した。

「学問には、ことに熱心でな。国学者の荷田在満《かだのありまろ》を招いて受講しておるという。さらにこたびは国学、歌学のため新たに賀茂真淵《かものまぶち》を招いたとも聞く。すでに二十四歳だが、まことに見あげた好奇心じゃ」

そう言ってから、

「わしは、どこかで判断をまちがえてしまったのかの……」

吉宗は、ふっとひとり言のように言った。

「恐れながら、上様。家重様のその評判、どなたからお聞き入れなされましたか」

俊平は探るように吉宗の横顔をのぞいた。

「なに、松平乗邑だ。俊平、そちはあ奴があまり好きではないのであったな」

吉宗は、苦笑いして俊平を見かえした。

「いえ、そのようなこと、けっしてござりませぬが、あちら様が私をあまり好いてはおられぬようにて」

俊平が、多少なり皮肉を込めて応じると、

「犬猿の仲、というものはとかくある」

吉宗は、それを笑って受けとめて言った。

「よいのだ。あ奴はたしかに野心家で敵も多い。だが、これまでわしの改革を、大いに助けてくれた。許してやってくれ」

吉宗はそこまで言って、また家重を思い出したか、重い吐息を漏らした。

「家重様もお辛いことと存じます。あのお体ゆえ、気鬱《きうつ》になることもたびたびございましょう」

俊平は今日は将棋の対局は無しと踏んで、途中まで並べた駒を盤に放り出した。吉宗も気にはしていない。

「先日、家重公の側近の大岡忠光殿を大岡忠相殿よりご紹介いただき、話をお聞きしました。家重公は、さすが上様のお子ゆえ、まことにご聡明とのこと。宗武公に劣るところなく、大いに驚いております」

俊平は、大岡忠相と顔を見あわせうなずき合う。

「ほう、忠光は家重の幼いころよりの小姓だ。なんと申しておった」

「西国の飢饉についても、つぶさに承知しておられ、対策は行き渡っておるのかと、案じておりました」

「あ奴が、そのようなことを申しておったか」

吉宗が驚いて俊平を見かえし、眼を輝かせた。

「また、奥州は雨が少ないと聞き、大丈夫かとも」

「そうであったか」

吉宗は、俊平の話に頬をほころばせた。

「周囲の評判以上に、あれこれお考えになっておられるようでございます」

「うむ、女の尻を追いまわしながらも、奥州の雨の量を気づかっておるとは、まこと珍奇じゃが……。ふむ、そちが作り話をするはずもない。憶えておこう」

吉宗はそこまで言ってから、

「それにしても、まことに頭の痛いことよの」

「はて、頭の痛いとは？」

俊平は、吉宗を見かえし膝を乗りだした。

「これじゃよ」

吉宗は、眉を顰めて懐から瓦版を取り出し、

「新たにこのようなものも目に止まった」

と言った。

吉宗が俊平に見せたものは、先日とはまたちがった瓦版の一枚で、見れば家重がたびたび厠に立つことを面白おかしく記している。

「たしかに、あ奴の小用はきわめて近い」

俊平は、苦笑いして顔を伏せた。

吉宗の話では、先日家重とともに芝《しば》の増上寺《ぞうじょうじ》の墓参に向かったが、二十数度も小用のため臨時の衝立《ついたて》を立て、用を足し、足止めを食らったという。

これには吉宗も、呆れかえったらしい。

「この話は、すでに江戸じゅうに広まっておるらしいわ」

そのため、巷間《こうかん》では、まだ家重が将軍に就任する前から『小便将軍』というあだ名が付いていたという。

そのため、城内では吉宗が家重を次期将軍に立てたことに疑問を差しはさむ声が上がったという。

「口さがない者が、書いておりますな。それにしても小用のこと、ごくわずかの者しか気づいておらぬと存じまするが、いったい誰が広めておるのか」

忠相が、暗い顔で瓦版から吉宗に眼を移した。

「そのことは、わしも疑ってみた」

吉宗は重く吐息を漏らして、俊平を見つめた。

「そちは、これは誰かの企てと思うか」

「ここまで申しあげてよろしいかとは存じまするが、家重様を廃嫡しようと企む者が蠢《うごめ》いておるように思われてなりませぬ」

「はて、そこまでのことが……」

吉宗は、信じがたいという顔で俊平を見かえした。

「確たることはわかりませぬが」

俊平はそう言って吉宗を見かえした。

「いやいや、そうはいかぬぞ、俊平。そちは影目付としてたびたび功績を上げてきた。その上で申しておると思え」

吉宗は、もういちど俊平に念を押してから、

「じつは、他でもない松平乗邑のことじゃが……」

吉宗のほうからその名をあげた。

「このところ、ようわしのところにまいっての。家重には、とかく問題があるとくどくどと申す」

「さようでございますか」

俊平が、あえて淡々と言葉をかえした。

「あ奴、余とはもう長いつきあいゆえ、なにごとも遠慮なく申すが、この頃はいささかくどい」

「そのくどくどとした言葉、いま少し詳しくお聞かせ願えましょうか」

大岡忠相が吉宗に訊ねた。

「ふむ。まずは家重の言葉づかいじゃ。なにを申しておるのか、さっぱりわからぬと申す。あれでは将軍はつとまるまいと」

「なんの。わからぬ時は、忠光がおりまする」

忠相は、毅然《きぜん》とした口調でかえした。

「他に、なにを――」

今度は俊平が訊ねた。

「女のことも、申しておった。あ奴はひ弱にて、女の陰に隠れ、西ノ丸大奥で女々《めめ》しく過ごしておる。あれでは、家臣に対し示しがつかぬではないかと」

「なんの。家重公は、ひ弱ではなく、慎重なだけ。必要な時は、はっきりと申されます。病のこともあり、いささか気鬱な傾向も見受けられますが、判断は的確で、なんの不足もござりませぬ」

「それにしても、いま少しの」

吉宗の苦々しい口ぶりに、俊平もついには黙り込んだ。

「乗邑殿は、宗武様のこととなるとまことにご熱心でござりますな」

忠相が、沈黙を破って言った。

「なにか、お考えでもおありなのであろうか……」

俊平は、苦笑いして吉宗を見かえした。

「たしかに、なにを考えておるかが問題となるな」

吉宗はさすがに、乗邑の言葉をただ聞いているのではなく、腹を探っているらしい。

「乗邑様は、宗武様とはウマが合う。たびたび田安のお屋敷をお訪ねとか。それに、江戸留守居役同盟にて、味方の大名を募《つの》り宗武様派のようなものをつくられておられるとか」

俊平は、瓦版を置いて吉宗に向き直り、

「徳川宗家のお世継ぎのこと、慎重に考えねばなりませぬ。万が一にも、幕府が二つに割れて争うようなことになっては」

「そこじゃ、俊平。わしが心配するのは、まさにそのこと。それゆえ長子相続として家重を次期将軍に据えたのだ。いやいや、何事につけてもそれを貫くことはとても難しい」

吉宗は、乗邑の腹のうちはまた別のこととして、また考えあぐねた。

「家重が、将軍の重職を務められるかは実のところ不安が残る。乗邑の腹のうちは別として、聞くべきところもある」

「はい」

俊平も、そのことは否定もできず、黙り込んだ。

「問題は家重のやる気と意思の伝達、たしかにやや疑問が残る」

吉宗は、しばらく虚空を睨んで考えあぐねていたが、やおら立ち上がり、

「今日は家重のこと、しばらく考えてみたいと思い、二人に来てもろうたが、よい話が聞けたぞ」

そう言って吉宗は、二人に笑いかけ、

「すまぬな、将棋はまたの日といたそう」

俊平を一瞥《いちべつ》して去っていった。

二

その日、城中表玄関に向けて帰路を急ぐ俊平を、表の廊下で呼び止める者がある。

お城坊主で、俊平の昵懇《じっこん》とする弁斎《べんさい》という男であった。

さっき吉宗に呼ばれて同席していた大岡忠相があらためて話があるので探しているという。

ついさっきまで一緒だったのに、いったいなにを思いついたのかと、いぶかしく思いつつ、

（あらためてなんのご用であろうか……）

怪訝《けげん》に思いつつ、寺社奉行の控の間である芙蓉の間を訪ねてみると、話し込んでいた大岡忠相が、その男に一礼して席を立ち、スルスルと近づいてきた。

「さきほどは。柳生殿とは別れたばかり。しかしながら、大事なことが起き、お屋敷

にお帰りになられぬうちに、と探しておりました」

と、俊平の耳元で言った。

「じつは、忠光が、ぜひ柳生様にお引き合わせしたい者があると本丸に訪ねてまいりました。よろしければ、これより西ノ丸にまいりませぬか」

忠相はそう言って周囲を見まわし、近くに人がいないことを確かめると、さらに俊平に近づいて、腕を引き誘う。

有無を言わせぬそのようすはいささか強引で、遠慮深い忠相にはめずらしい。

「どなたと引き合わすといわれる」

「じつは、家重公でござる」

「あっ」

俊平は思わず息を呑んだ。

「こちらに」

そう言う忠相とともに、本丸玄関を出て西ノ丸に向かうと、そこは大きさは本丸よりやや小ぶりの控の城だけに人も少なく、建物内は閑散としている。

大岡忠相は、出て来た家士に忠相と俊平の到来を告げると、控の間に通されて待つことしばし、やがて歳若い大岡忠光が小走りに姿を現した。

「これは、小父上、柳生様」

近づいてきて、腰低く二人を出迎える。

「おお、忠光か。さっそく柳生殿をお連れしたが、家重公はいずこじゃ」

忠相が手を取って忠光に言う。

「ただいま、お連れいたします。本日は、ぜひにも柳生様に我が主をご紹介いたしたく存じ、ご無理を申しあげます」

忠光は、俊平に近づいて深々と頭を下げた。

俊平を頼りにすべき数少ない味方、と思っているようすがありありとうかがえる。

「じつはな、柳生殿。家重公はそこもとにお味方いただけると聞き、いたく感激なされましてな。直接お会いし、お話がしたいと申されておられます」

忠相が、忠光から話を取ってそう言う。

「お味方と申されても……」

俊平は話を聞き、家重がそこまで自分に期待してくれていることをいささか過分に思った。

だが、家重には二人の他に味方する者とてなく、ひどく劣勢に立っている思いがあるのだろう。

「私ごときに、なにができるわけもないが、お味方するだけで心を強く持っていただければ幸いなこと」

俊平が落ち着いて応じると、

「されば、家重公がお待ちかね。ささ、こちらに」

忠光が、二人を誘って西ノ丸中奥へと案内した。

控の城とはいえ、さすがに将軍の控の城ともなればそれなりに広大で、金襖《きんぶすま》の飾り付けの部屋がつづく。

やがて三人は、西ノ丸中奥御座の間に至り、重い大きな襖を開けた。

俊平は、その部屋でじっと待つ家重に、一瞬息を飲んだ。体全体を左に傾げ、それを懸命に正面に向けようともがいているのであった。

顔は斜めに傾げ、あらぬ方角に向けているが、目だけはしっかり俊平に向けようとしている。

その懸命なようすを、俊平は気づかぬ振りをして、家重の前に座し深々と平伏した。

家重は、

「おお……」

と叫び、上座から体を引きずるように降りてくると、しっかりと俊平のその手を握りしめた。力が思うように入らず、握りしめた手が外れる。

「よ、よう、まいられたな……」

家重は、ひきつるような声で俊平に語りかけた。

その声は俊平には初め、よく聞きとれなかった。

だが、なぜか言っている意味は俊平にも摑めた。その声を、俊平は心で聞いているような気がした。

家重は、俊平にすがっている。いや、助けを求めているからこそ、そう聞こえるのかもしれないと思うのであった。

「私の声が、おわかりか……」

家重が、俊平の顔をうかがうようにして訊ねた。

「しかと、聞こえておりまするぞ」

俊平がそう言えば、隣で忠光が大きく安堵してうなずいた。

「ありがたい……。いや、ありがたい……、巷には、私を蔑《さげす》む者も多い……。また私を廃嫡し、その後、弟の宗武を将軍に据えようとする者もある。だが、私は……、そのような者に私は負けぬぞ……」

家重は、聞き取りにくい言葉で、懸命に俊平に訴えてくる。

「そのとおりでござりまする。家重公は、お体こそご不自由なところがおありでござりましょうが、その英邁《えいまい》さと気概《きがい》では、どなたに負けるものでもござりませぬ。私は固く信じております」

「うむ、私はけっして敗けはせぬ……。たしかにくじけそうになる時もある。なぜこのような体に生まれついたか、と母を憎んだこともある……。だが、私には次期将軍としての大切な使命があることを、この頃わかるようになってきたのだ」

「それは、上々にございます。家重公は、天下に代わる者もなき次期将軍。天下万民が、家重公の治世の下、大いに喜び、笑い合うことになりまする。そのことを思えば、お心をしっかりお持ちにならねばなりませぬ」

俊平は面をあげ、家重をしっかりと見据えて言った。

家重は、その俊平の言葉を嚙みしめるように聞いている。

「柳生、そちの申すこと、まことに心強く思う。私がしっかりせねばの。……わが二人の弟は我《わ》が儘《まま》者じゃ……。まだ、若いからであろう。増長もすれば、傲慢《ごうまん》にも成ろう……。許してやってくれ。いずれ、わかる時も来るはずじゃ」

「心得ております。宗武様も、宗尹様も、じゅうぶんご聡明なお方。たくましくお育ちになられました。きっと御三人が互いを力を合わせ、称《たた》え合い、仲良くお過ごしになる日も訪れましょう」

「うむ、そう願いたいものじゃ」

家重は幾度もうなずくと、口をひきつらせ、ボソボソと体を動かしながら、

「じゃがの……」

そう言って、また深く吐息を漏らした。

「弟たちに、群がる者がいかん。兄弟三人なれば、きっと話も通じようが、その者らが群をつくって阻《はば》んでくる」

「家重様はその者らが瓦版を書き、上様に家重様廃嫡を勧めておると推察されておられまする」

大岡忠光が、俊平に小声で言った。

「その者らをお二人から切り離すため、微力ながら力を尽くしましょう。家重公も、けっして弱味を見せることなく、ご精進なされませ」

「わかっておる」

家重は苦笑いして、また顔を歪め、

「苦しいところじゃ。たしかに慰めも欲しい。だが、それを逆手《さかて》にとられるのであらば、私は慎重にもなる」

家重は、酒や女のことを言っているらしい。俊平も苦笑いした。

「そうなされませ。あの者らはしたたか。家重公の小さな弱点も見逃しませぬ。それに、今は上様も迷うておられまする。大切な時にございます」

「そうか……」

家重は、不安そうに俊平を見かえした。

「父は、やはり迷うておられるか……」

俊平は首を横に振った。

「しかし、上様は賢明なお方。長子相続の重要さをわかっておられます」

俊平がそう言えば、家重はうなずく。

その後西ノ丸御殿では、俊平を迎えてのささやかな宴が催され、家重は好きな伏見《ふしみ》の下り酒の数々を、俊平にも大岡忠相にも熱心に勧めた。

十種ほどの酒を取りかえ引きかえ持ってこさせ、微妙な味のちがいを口にする姿は、まことに酒好きらしい。

（なるほど、家重公はお酒にお強い……）

俊平が家重の酒豪ぶりに感心すれば、家重はよほど興が乗ったのか、立ち上がりぎこちない動作で踊り出した。

肢体が不自由な者の踊りは、それだけでちょっと風変わりなものだが、家重はよほど興が乗ったか、かまわず踊る。

つられて、忠光も踊り出した。家重の踊りの上をいく忠光流の滑稽な踊りである。

主従の踊りは、ちょっと風変わりな所作となっているが、二人は構わぬらしい。

「はは、愉快、愉快！」

家重は無心で踊る。

「これは、私の考案したおどけた踊り。いかがでござりまするな」

忠光が、おどけた調子で俊平と忠相に笑いかければ、

「されば、われらも」

忠相が俊平を誘って、立ち上がった。

忠相も、俊平も、おどけて踊りだす。

「よいの。みなも踊れ」

家重が、壁際に控える数人の家臣を呼び寄せた。

金襖が左右に開いて、どっと家臣が飛び込んでくる。

いずれも、気の置けない家重の若い家臣ばかりである。

そんな飾らない宴が一刻（二時間）もつづき、俊平らが西ノ丸を後にしたのは、夜

の帳《とばり》がすっかり降りた後のことであった。

三

それから数日経って、藩邸の門脇に立つ柳生道場が、いつになく騒がしくなっているのに俊平は気づいた。

このところ日に幾組もの他流試合の申し込みがあるという。

柳生道場は、藩の伝統で代々門は大きく開け放つ習わしで、武芸者ばかりか町人にも道場の見物を開放している。

そのため、他流試合を求める武芸者は後を絶たずに訪れてくるが、その都度《つど》師範代《しはんだい》が丁寧《ていねい》に断りを入れてきた。

ところが、こたびは訪れる者は他流試合はせぬと伝えても、なかなかひき退がらないという。

俊平がひとつ気づくことは、溝口派《みぞぐちは》一刀流《いっとうりゅう》、一刀流中西派《なかにし》、甲源《こうげん》一刀流など、いずれも小野派《おのは》一刀流から派生した一刀流の支流ばかりがやってくることであった。

その報告を、小姓頭の慎吾から耳にして、俊平はまた眉を顰めた。

どうやら、柳生新陰流への攻撃が始まったと見られるのである。

一刀流も五代将軍綱吉《つなよし》の頃までは新陰流と並び立ち、将軍家剣術指南役を仰せつかっていたが、今は外されている。

それを根に持った行動とも思われたが、その背後にさらに何者かが蠢《うごめ》いていることも疑われた。

国表からの経費の不足を伝える帳簿類に加えて、江戸での諸経費の大きさに頭を悩ますこのところの俊平であったが、これはさらに頭を悩ませる難題である。

「それで、その者らは帰っていったのか」

俊平は慎吾に訊ねた。

「はい。半刻（一時間）ばかりは道場の周りをうろうろし、窓の外から道場内に散々の悪口雑言を言い放った後、さきほどようやく帰っていきました」

慎吾が、眉を顰めて告げた。

「そのような者らが、日に二組も三組も現れれば、道場の者は落ち着いて稽古もできまいな」

俊平は、稽古に集中できずにいる門弟を不憫《ふびん》に思った。

「みな怒っておりますが、他流試合はできませぬゆえ。甘んじております。みなよく耐えております」

慎吾が唇を震わせて言う。

「それでよい。他流試合は断じてならぬ」

俊平が、あらためてそう言うと、慎吾もうなだれてうなずいた。

俊平はふと相手のなかに、溝口派一刀流の名があることに気がついた。溝口派一刀流は、会津藩《あいづはん》のお留流《とめりゅう》のはずであった。

「かの流派は、小野派一刀流から分かれて独自の発展を遂げたと聞く。巧妙な剣さばきで、会津藩では御家流と聞くが」

「ただ、仙台に伝わったものはまた別の流れにて、こちらは他流試合を禁じられておらぬそうでございます」

「仙台といえば、伊達か……」

俊平は、なにやら大きな力が動きはじめたようで身を引き締めるのであった。

「他に、今日は中西派一刀流も来ておりました」

慎吾が付け加えた。

中西派は、小野派一刀流四代小野忠一《ただかず》の直弟子であった中西子定《たねさだ》が開いたものである。ことに技に秘術が多いという。

「いずれの一刀流も、自信満々の者らにて、みな堂々たる押し出し。免許皆伝の者も混じっておるそうにございます」

いまいましい連中と思う反面、慎吾も剣の腕は一目《いちもく》置いているらしい。

「とまれ、一刀流は柳生新陰流には遺恨《いこん》が深い者らだ。また支流も多いゆえ、これからも、しばらくはそ奴らの訪問がつづこうな」

「おそらく、そうかと存じまする」

抑えた口調で言うが、慎吾はもはや我慢ならぬと思っているらしい。

「耐えねばならぬぞ」

そう言って慎吾をいさめ、部屋を出ようとすると、伊茶が部屋を訪れ、

「道場が騒がしうございますな」

と外を振りかえり眉を顰めてみせた。

だが、それとは別に、伊茶はどことなく嬉しそうである。

難しい話のつづくこの頃、俊平はその伊茶の笑顔が嬉しい。

「そなたの姿は、なによりの安らぎとなっている。しかし、あまり出歩いては体にさわろう。道場のことなど、気にせずともよいぞ」

そう諭《さと》せば、なにかを感じとったように、慎吾が静かに部屋を出ていった。

「もしや、慎吾どのにわかってしまったのではございますまいか」

伊茶が、唇に指を当てて、慎吾が出ていった廊下に目をやった。

「はてな。それはわからぬが、そなた、その後……」

「いまだに。あるいは、と思うてまいりました」

伊茶は、ちょっと自信を深めたようである。

「もしそうであるなら、大手柄だぞ。とにかく、じっとしておれ。なにかあっては、大事となるぞ」

「気をつけております」

伊茶は、笑みを隠すようにしてうなずくのであった。


その翌日も、道場破りはつづいた。

前日訪れた溝口派一刀流、一刀流中西派、甲源一刀流の面々に加えて、梶派《かじは》一刀流も現れた。

俊平は、道場の奥の一室で道場着に着替えて、稽古に出ようとしていたところであったが、各流派と対面するのを避け、師範代の新垣甚九郎《にいがきじんくろう》に対応させ追い払った。

ことに溝口派一刀流は強引に道場に押し入り、暴れまわらんばかりであったというが、俊平が奥に控えるのを感じていたか、門弟たちは終始落ち着いていたので、それをやりすごせたという。

「それにしても、一刀流ばかりがようまいるわ」

俊平は苦笑いして、そうした報告を慎吾から聞いた。

「これはよほど力ある者が諸派に声をかけているとみねばなるまい」

俊平が言えば、門弟一同がうなずく。

「おそらく、ご老中松平乗邑様ではございますまいか」

稽古着の惣右衛門が近づいてきて、俊平にずけりと言った。

門弟たちが心配顔で俊平を見かえした。

「本気で、この柳生を潰しにかかるつもりらしい」

俊平が、本気とも冗談ともとれるような調子で言った。顔は笑っているが、目は険しい。

「なに、負けはせぬ。松平殿は上様に、一刀流の復活を強く進言しておられるようだ。とまれ、これに背後の力がはたらいているとすれば、それなりに心してかからねばな」

俊平が、みなを見まわして言う。

「まったくでございます。柳生を廃し、一刀流を立てんとする動きでござりましょう。なにも起こらねばよろしうございますが——」

惣右衛門も、心配げな表情である。

「とまれ、嫌がらせはしばらくつづこう。みなに、よく言い含めておかねばの。慎吾、これからも断じて他流試合には応じるな」

俊平はそう言い残してひとり道場を去ると、

「辛抱、辛抱——」

呟《つぶや》いて、自室に籠もるのであった。

夕刻近くになって、藩邸がにわかに騒がしくなった。

門弟の一人が、巷で数枚の瓦版を買ってきて、みなでまわし読みを始めているらしい。俊平は、またみなの集まる大部屋に出てみた。

「ご覧くだされ、殿」

若い藩士が、俊平にその瓦版の一枚を手渡した。

なんと瓦版は、柳生新陰流への批判で満ち満ちており、いずれも嘲《あざけ》る論調で溢《あふ》れていた。

曰《いわ》く、型ばかりで形骸化《けいがいか》した古流にすぎぬ。

曰く、江戸柳生は養嗣子《ようしし》が藩主で、一刀流こそ実力日本一であることがわかっているゆえ、門弟は怯《おび》えて立ち合い稽古に応じず逃げまわっている。

曰く、一刀流はすぐにも将軍家剣術指南役に返り咲くべし。

などという、いずれも他愛のない文面である。

「こんどは家重公に替わって、非難の矛先《ほこさき》が当流に移っております。それにしてもひどい記事でございますな。もはや許せませぬ」

瓦版をのぞき込み、惣右衛門も唸った。

「たたきのめしてやりたいが……」

門弟の一人、まだ二十歳をわずかに過ぎたばかりの小田作兵衛《おださくべえ》が、ぎりぎりと歯を鳴らして叫ぶ。

「だめだ、他流試合は禁止だ」

隣で、同じ門弟のやや歳嵩《としかさ》の勝野藤次郎《かつのとうじろう》が言った。

「なに、上様もそのくらいのこと、大目に見てくだされよう。このままでは、柳生新陰流は弱者の剣法と蔑《さげす》まれます。それこそ、将軍家の顔に泥を塗ることになりましょう」

若い作兵衛は、無念の思いに涙さえ浮かべて俊平を見かえした。

「いや、作兵衛。ここは、辛抱が肝心じゃ。ひと通り一刀流諸派が訪ねてくれば、いずれ峠《とうげ》を越そう」

俊平は門弟たちの怒りの表情を見据えて押し黙り、早々に町歩きに出た。

ここは、まず自分が頭を冷やさねばならない。

中村座に顔を出してみようかと堺町の大通りまで出てみたが、俊平の足はいつしか別の方角に向いていた。

やはり一人でいたい。

いろいろと考えてみたいことが脳裏を過《よぎ》って、拭いきれなかった。

日本橋川の掘割を北西に取り、常盤橋《ときわばし》、鎌倉河岸《かまくらがし》を過ぎて、しばらく夕闇のなかを歩き、神田橋のたもとまで来たところで、小雨が降ってくる。

(これは、まずいな。傘《かさ》を持ってくればよかった……)

そう独りごとをつぶやくと、俊平の背後に張りつくようにして様子をうかがう気配がある。鋭い殺気さえ放たれていた。

まさか、と思ったが、狙いはやはり俊平らしい。

(ほう……)

俊平は振りかえることもなく、唇を歪めて薄笑った。

おそらく他流試合を求めてきたいずれかの流派の遣い手であろうが、命の遣り取りに及ぶとは思いもしなかった。

よほど俊平を舐《な》めているのか、それとも自信家なのか――。

数は三人――。

俊平は駆けるようにして掘割の土手を降り、川沿いの細い小路を踏みしめしばらくすすむと、人影三つはなりふりかまわず追ってくる。

土手の縁の細い小路をさらに西に駆けると、影は懸命に追ってきた。

身を隠すようすは欠片《かけら》もない。

俊平はいきなり振りかえり、

「うぬらは！」

と、男たちをねめまわし、たぎるような眼差しで誰何《すいか》した。

思いがけないその迫力に、男たちは一瞬後ずさりしたが、

「溝口派一刀流、迫田源三郎《さこたげんざぶろう》と申す。道場での立ち合いは叶《かな》わぬゆえ、やむなく路上の勝負を所望することとした」

立ち尽くし、堂々とした態度で俊平に言った。

「迫田殿か。路上で、練習稽古はあるまい。命の遣り取りとなるがよいのか」

俊平は、刀の鯉口《こいぐち》を切ると、迫田をうかがった。

「いずこかの道場主であろうが」

「いかにも。それがし、仙台にて道場を営む」

「なにゆえ、江戸まで」

「一刀流の名誉を懸けてまいった。生死を懸けての立ち合いを所望――」

迫田は、流派の命運を背負っているらしい。

ザッと刀を抜き払った。

剣をそのまま撥ね上げ、上段に取る。

その構えから、やはり相当に腕が立つのがわかった。

だが、こんなところで命の遣り取りをしても、誰も得るものはない。

俊平は迫田に背を向け、また走った。

負けるとまでは思えなかったが、俊平は斬り合いなどまっぴらである。

「待てい!」

三人が、懸命に追ってくる。

さらに駆ける。

夕暮れがとっぷり降り、西の空がほの明るい。

前方の小路はやがて途切れ、小山となって迫ってきた。

その上は急な崖となっており、駆けあがるすべはない。

「ちっ」

俊平は、舌打ちして振りかえった。もはや、闘うよりない。

俊平の顔が、また鬼の形相に変わっている。

迫田は、己の剣に迷いなく、上段に振りかぶり踏み込みざま、上半身を微動だにさせず、
ザン、
真一文字《まいちもんじ》に撃ち込んできた。

風が唸り音をあげる。

凄《すさ》まじい迫力である。

細い小路で、かわす余地はないと見た俊平は、小走りに土手を跳ね上がり、そのまま跳びあがると、相手の打ち込みを躱《かわ》し、着地するや、すばやく脇差しで迫田源三郎の腕をたたいた。

手応えがある。とはいえ、浅手である。

遅れず、入れ替わって二人目が前後して斬りつけてくる。

俊平は、水中に半ば足を踏み入れている。

ぬるりと足が滑った。

だがそれが幸いし、体が横に崩れている。その空いた空間を、男の剣が断ち斬っていた。

その剣をかい潜るようにして、俊平は斜めからまだ名も知らぬ剣豪の小手をたたいた。男の骨が鳴いた。

水辺で滑らねば、ちょっと危ないところであった。

「うっ」

と呻いて、男が刀を捨てた。

三人目の男は、水に足を入れた俊平に向かって、刀を横に薙《な》いでくる。

それを受け、巻き込むようにして撥ね上げると、相手は刀を取られて空手となっていた。

「誰に頼まれてのことかは知らぬが、柳生新陰流は、逃げも隠れもせぬ。他流試合はせぬ習わしだが、所望とあらば果たし合いならいつでも受ける」

そう夜陰を透かして男たちに叫べば、三つの黒い影はもはや敵《かな》わぬと見たか、そのままなにも言わず坂を駆けあがり闇の奥へと駆け去っていった。

四

「御前、これは思いのほか深刻な事態となっておりまするな」

幕府お庭番中川家《なかがわけ》付遠耳の玄蔵が、いつものように藩主の居室に呼ばれて足を踏み入れるなり、唸るように言った。

夕闇に暗くけむる日本橋川沿いの暗闘があって、三日ほど経ってのことである。

あいにくその日は朝から雨模様で、玄蔵も蓑《みの》を被《かぶ》り、雨水の染み込んだ小袖《こそで》を手ぬぐいで拭きながら、

「これじゃあ、お部屋が濡れてしまいまさあ」

と、廊下で恐縮していたが、

「なあに、よいのだ。気にせず入ってまいれ」

俊平が強く誘うものだから、玄蔵もそれじゃあ、と遠慮なく部屋に入ってくるなり、さっそく言った言葉が、さきほどのそれなのであった。

「いえね、お城の周りに控えておりますと、いろいろ雑多なことが耳に入ってまいりましてね。そのうちで、ちょっと気になったものがありましたもので」

玄蔵はそう話をつづけ、耳にした風評のひとつを俊平に語ってみせた。

それによると、老中松平乗邑の積極的な援護もあって、宗武を推《お》す勢力がじわじわと力を増しているらしい。

伊達藩、細川藩などの有力諸藩が、たびたび松平乗邑の下で会合を開き、親睦《しんぼく》を深めているらしい。いずれも、はっきりした宗武擁立組《ようりつぐみ》になっている。

「まこととも思えぬ……」

諸大名がそこまで綿密に連絡し合っていることは、俊平も聞いていたが、どうやら玄蔵の話に誇張はないらしい。

「諸藩の江戸留守居役が、夜な夜な蠢いているのでございます」

「されば、廻状のようなものも出回っておるのであろうの」

江戸留守居役が文書を交わしあい、それぞれが持ち寄った幕府内の情報をつかんで、自藩を有利に展開しようとしているとは聞いていたが、俊平はあらためて玄蔵に確認した。

「はい。各藩とも今後は宗武様を積極的に担いでいきたいようでございます」

「食えぬ奴らだな」

俊平は渋い顔をして玄蔵を見かえし、慎吾が持参した玄蔵と俊平のための茶で咽《のど》を潤した。

「問題は、上様でございます」

玄蔵が、やや前屈みになって俊平をうかがった。

玄蔵の眼は、さらに険しくなっている。

「ご意志は硬いものと存じますが、お心《こころ》のうちまでは私どもにはわかりかねます。上様とて、松平様ほか有力諸氏に強く推《お》されれば、お考えを変えてしまわれぬともかぎらぬと思いまして」

「それは、上様とて人の子だからの」

俊平は、そんなこともあろうと渋々同意した。

「それと、いまひとつ。御前には、まことに不埒《ふらち》なことと叱られそうですが、近頃頻繁に道場に現れる一刀流の諸流のことでございます」

「なんだ、申してみよ」

俊平は、ちょっと背筋を伸ばし、玄蔵を見かえした。

「松平様は、しきりに上様に一刀流を将軍家指南役にもどすよう説いておられます」

「その話は前にも聞いたが、あの老中、まことにしつこいの」

俊平はあらためて腕を組み、しばし考えてから、

「上様はかつて、もはや武断政治の時代は終わった、剣術指南役は柳生新陰流だけでじゅうぶんと申されていたが、そこに押し込むなど、できようはずもないと思われるが」

と俊平はそう考えたが、玄蔵は苦い表情である。

「あっしもそうは思いますが、万々一にも、一刀流が新陰流にとって替わることにならぬよう、ご注意くださいまし」

「わかった。あれだけの数の一刀流諸派を集めてきたからには、一刀流もここに懸けてきておると見るべきであろう」

俊平もそう言って、昨今の剣術界の情勢に思いをめぐらせた。

剣術諸流には次々に新しい波が生まれており、柳生新陰流や一刀流はむしろ古流として括《くく》られる昨今である。うかうかすれば、新しい流派の大きなうねりのなかで新陰流さえ埋もれてしまいかねない。一刀流も同じ思いであろう。

「あの連中は、殿が家重派となったことをむしろ好機と捉えて、この反対の流れに乗ろうとしております」

壁際で話を聞いていた惣右衛門が渋い表情で言った。それにしても、玄蔵の話は日々城内にある者でなければ耳に入らないことばかりである。

「剣の流派の争いにも、そうした昨今の動きが関連しておるのであろうな」

「ここは、目が離せませぬぞ」

惣右衛門も、きびしい口調で言う。

「ご苦労であったな。よいことを教えてくれた」

俊平は、これからまた城にもどると言う玄蔵を玄関まで送り、

「またなにかあったら、報せてくれよ」

と、肩をたたいて送り出すのであった。

五

その日は、めずらしく他流試合を求める一刀流の訪問はなかった。

俊平も久しぶりに明るい気分になって、夕刻中村座の木戸を潜った。

若い三代目団十郎がその日も一座に顔を見せており、このたびの公演では二代目、三代目が競演するというかたちとなるそうで、大御所団十郎も張り切っている。

「けっこうな評判でございますよ」

達吉が、部屋に入ってきた俊平に嬉しそうに耳打ちした。

「いやァ、今度も外郎売ですからね。期待も大きかった。あの長い台詞を、最後まで浪々と言いきり、歓声を浴びておりました。三代目団十郎の人気も、しだいに定着してくることでございましょう。まずは、めでたいこって」

そう達吉が言えば、

「まったくだ。これで、おれもひと休みできるよ」

早々と隠居を口にする大御所も、ひと安堵したようすである。

「三代目はね。血はつながっちゃいないんだが、そんなこたァどうでもいい。父子以上にぴたり息があってきたよ。役者はなんたって芸が命だよ、芸の呼吸がわかり合えば、これ以上なにもいらねえ。これが、いわば芸人の親子関係。血のつながりなんかより、ずっと大事なのさ」

大御所団十郎がそう言って三代目の肩をたたけば、若い三代目もさすがに誇らしげである。二代目との重苦しい壁は、今やさらりと、とり払われた感がする。

「幕間には、小さい子が真似をしていましたぜ」

達吉は、土間席で子供が外郎売の台詞を真似ていたと言う。

「そうかい。子供がね。そいつは、大したもんだ。子供は正直だよ。面白かったんだなァ」

大御所も大満足である。

「ああ、それで柳生先生。例の一件だが……」

大御所が、表情を変えて俊平に真顔で言った。

「と、いうと？」

「ほら、あのお局館の一件でさァ」

大御所は、ちょっと早口になってそう言ってから、

「あそこの土地を持っているのは、あっしの俳句仲間で、下り酒屋を営んでいる花角瓢右衛門さんだということは以前にお話ししましたね。せんだっても、出会って立ち話をしましたが、言い値であの土地を買ってやると言われたって、ぜったいに売らねえと言ってましたよ」

「そいつは頼もしい。だが、その〈花角〉さん、これからだいぶ責められような」

俊平がその男伊達の身を案じた。

「いやァ、だがあの人は曲がったことが大嫌いなんでね。それに、元は町奴だったという任侠《にんきょう》の家柄だ。口入れ屋もやっていて、用心棒のような男もごろごろいます。びくともしませんよ」

「驚いた、用心棒かい」

俊平は、面白そうに大御所を見かえした。

「そいつは頼もしいが。だが、相手はなんせ将軍の御曹司《おんぞうし》だ」

俊平はいちおう反論してそう言ってみた。

「なあに、まだ二十歳半ばの若い侍でしょう。気になるのはむしろ老中の松平乗邑。だが、現役の老中だ。どこまで悪に徹するか」

大御所も、だいぶ事情に詳しくなっている。

「まあ、ようすを見るとするよ」

俊平は、笑って大御所の肩をたたいた。

「あっしも、お局方のところには、しょっちゅう出かけていますからね。それに、あそこは市村座《いちむらざ》もある。いわばおれたちの役者の町でさァ。立ち退いてなど、ほしくない」

「で、その〈花角〉さん自身は、どちらにお住まいなんだい」

「日本橋本町《ほんちょう》だと思いましたよ。もう、あそこは長い。いちど達吉に案内させますまさァ」

「そうかい。こうなったら、私も顔を見せておこう」

達吉によろしく頼むと言ってから、俊平は芝居小屋のある堺町から、いったん屋敷のある木挽町にもどり、惣右衛門を誘ってまた外に出た。

向かう先は、気になる葺屋町のお局館である。

お局館ではその日、妙な男たちが現れたと女たちが狼狽《ろうばい》していた。

妙な奴らというのは、紋服姿のれっきとしたいずこかの藩士らしいのだが、その者らが威厳ある態度で、南町奉行所から遣わされた町方の同心であると言ったらしい。

「冗談じゃ、ありませんよ」

綾乃も呆れかえる。

「同心は、巻羽織や小銀杏髷《こいちょうまげ》などでそれと知れもするけど、そのような風体《ふうてい》でもございませんでした」

女たちも、さすがに妙な役人どもと疑ったらしい。

綾乃もピンときたものの、どこまでも南町奉行所の役人と言い張るので、いちおう妙な罪を着せられたり、お縄となることも考えられると警戒したという。

「それに、あの男たちの言い分は、もうめちゃくちゃ。たちの悪い冗談のような話なんですよ」

雪乃も、綾乃の後ろから出て来て言う。

「連中、この館の稽古事は偽物だとの訴えがあがっているというんです」

　綾乃が真顔になって言った。

「どういうことだ？」

　俊平もにわかには話がわからず、問いかえした。

「教える技量もない者どもが、高い教授料を取って詐欺《さぎ》同然の稽古事をつづけている。師匠など即刻やめよとのことでございます」

　綾乃は、苦虫を嚙みつぶしたような顔で言う。

「もはや、やくざの言いがかりじゃな。そこまで言って、宗武一派はこの土地を買い入れたいか。このこと、即刻殿より上様に訴えて、息子とはいえ懲《こ》らしめていただかねばなりませぬ」

　惣右衛門も、憤慨しはじめたら止まらない。

「だが、このようなことで上様を煩《わずら》わせることもできない」

　俊平が、惣右衛門を見かえし、そう言ってしばらく考えてから、

「ひとまずようすをみよう。その者ら、結局どうしたのだ」

「こんど訪ねてくるまでに稼業をやめるよう準備をしておけ。やめぬならば、召《め》し捕《と》ると」

「まったく、出鱈目《でたらめ》なことを！」

吉野と雪乃が、声を合わせて怒りをぶちまけた。

「なに、放っておけばよいのでございますよ」

綾乃がふてくされたように言う。

「とまれ、数日のうちにまたまいろう。されば、また私と惣右衛門が、交替でこの館を護《まも》ろう」

「いよいよご藩主さまが直々に」

綾乃が、嬉しそうに俊平を見かえした。

「いえ、殿がここにたびたび来られるまでもござらぬ。それがしでじゅうぶん。お任せてくださりませ」

惣右衛門が、このところやや薄くなってきた胸をたたいた。

「いや、できるだけ私も顔を出す。ところで、綾乃、吉野」

「はい」

二人が目を見合わせて俊平に応じた。

「大御所の話によれば地主の花角殿は、この地は売らぬ、とはっきり大御所に約束したようだぞ」

「まあ」

話には聞いていたものの、はっきり大御所にそう言ったというので、これは頼もしい。女たちの間から喝采《かっさい》が起こった。

「花角という男、なかなかの伊達男だそうで、反骨の気概もたっぷりという。よほどのことがないかぎり、これは大丈夫だよ」

俊平がそう言えば、

「捨てる神ありと思えば、拾う神ありでございます」

そう言って、綾乃が涙ぐんだ。

それを見て、俊平がまたうなずく。

「されば、柳生さま。本日は御前のお好きなわらび餅《もち》を沢山《たくさん》用意しております。召しあがってからお帰りください」

「それは、すまぬな」

女たちが、手際よく菓子と酒膳の用意を始めた。

息の詰まる出来事がつづいていただけに、女たちもほっとした表情である。

「それにしても、みなさまが私どものために力を合わせ、こうしてご助力くださっていること、これにすぎる喜びはござりませぬ」

綾乃は、そう言うと安堵して目に涙を浮かべた。

「いやいや。敵は大物。防ぎきれるかどうかはまだやってみねばな。しばらくは、心を引き締めておかねばならぬ」

そう言って俊平が、唇の端をちょっと吊りあげると、吉野が台所から盆に載せたわらび餅を持ってもどってきた。

浅草《あさくさ》方面に出かけた雪乃が、俊平も食べるだろうと、たくさん買い求めてきたものだという。

「ほう、これは旨そうだな」

さっそく竹の楊枝《ようじ》でひとかけら取りあげると、俊平は機嫌よく口に運んだ。

「ところで、柳生さま。お子さまのほうは？」

吉野が、俊平の顔をのぞき込んで訊いた。

「なんだ、その話は？」

「その、やや子のお話でございますよ」

綾乃が笑いかける。

「なぜ、そなたがそれを知っておる」

俊平が、苦笑いを浮かべて綾乃の顔をのぞいた。

「伊茶さまが、ここ二度ほど稽古をお休みでございます。あれほどご熱心なお方がお休みになるのは、なにかあると察したのでございます」

吉野が言う。

「悪い娘だ」

俊平が、悪戯《いたずら》っ子を懲らしめるように吉野に怒った顔をすれば、

「たしかに、お体の具合が悪かったとはとても思えません。肌の艶もよく、体もふっくりとしておられましたが、やはり」

綾乃もそう言って、吉野とうなずきあった。

「まだ、わからぬのだ。どうか、内々にの」

俊平が人指し指を立てて、唇に押し当てれば、

「しかし、柳生さまに内々と申されましても、もう知ってしまった者は大勢おりますよ。この家のなかにだって」

吉野は、笑って部屋を見まわした。他の女たちも笑っている。

「それより、柳生さま。中村座の若い衆が、このところ先生はいちだんと趣味のほうが上達されたとか。ひとつ披露してはくださりませぬか」

「誰だ。そのようないい加減なことを申すのは」

「女形のピン吉さんでございます」

吉野が、立ち上がった雪乃に、部屋の壁に吊るした吉野の三味線を取ってこさせると、

「されば、やむを得ぬ。久しぶりに披露するか」

俊平が顔を引き締めて、ひとくさり弾いてみせると、お局方のほうから喝采が起こった。バチを当ててみれば、三味の音がよく響いて気持ちよい。

「さすがに、柳生さま。三味のほうも免許皆伝の腕前」

吉野が、褒めそやせば、

「よせよせ。なにも出ぬぞ」

俊平が、笑って吉野を制した。

「この館に、ずっと住みつづけられればどれだけよろしいものか」

綾乃が言えば、館が静まり返って、

「おい、じめじめするな」

俊平が気を引き締めて三味の音に集中すると、冴《さ》えた三味の響きがまた館せましと広がっていった。

第四章　義俠の商人

一

「陣中見舞いだよ」

お局さま方の館の入り口に、いきなり明るい声が轟《とどろ》いた。

大御所二代目市川団十郎である。ぞろぞろと弟子を引き連れてお局館を訪ねてきたのであった。

戯作者の宮崎翁、付き人の達吉、女形の玉十郎《たまじゅうろう》、それにいつも習い事の茶花鼓《ちゃかぽん》でこの館にやってくる常連の若手役者の姿もある。

妙な南町の同心が訪ねてきたという日から数えて、六日後のことであった。

館には、もうすでに俊平の他に、段兵衛、惣右衛門が詰めかけて飲みはじめており、

「大御所、いきなり派手な到来だね」

と俊平が三和土《たたき》に立つ大御所をからかうと、女たちはさっそく一座の連中の手を引いて奥に引き入れた。

「それで、今日連中は来ていましたかい？」

大御所は、心配そうに俊平に訊ねた。

「今日は、まだ姿を現さないんだよ」

ちょっと退屈だったとでも言いたげに、俊平が大御所に微笑《ほほえ》みかえした。

「なら、これからかもしれねえ。いやね、今日は神田赤鞘組とやらの面子《メンツ》を、しっかりこの目に焼き付けておこうと思ってさ。腕力のほうじゃァお役に立てねえが、これでもおれのひと睨みが効くっておっしゃってくださるお客さんがいらっしゃいましてね」

大御所は冗談半分にそう言って、お局方に笑ってみせた。

お局方は大御所団十郎が来てくれただけで、もう天にも登る気分らしい。部屋のなかをうろうろ歩きまわっている。

「赤鞘組だか、青鞘組だか知らないが、もう大御所が来たからには、お局さま方の敵じゃありませんねえ」

俊平が大御所をおだてて、ささ、と奥の居間に招き入れると、

「ところで先生、今日は御内儀の伊茶さんは、いらっしゃらないんですかい？」

大御所は俊平にそう言ってから、はっと気づいて手を打ち、

「ああ、そうだった。お腹が大きいんじゃ、出歩くわけにもいきませんや」

そう言ってうなずいてみせた。

「いや、大御所。まだ、はっきりそうと決まったわけじゃないんだよ。糠喜《ぬかよろこ》びってことだってある」

俊平が、そう言って手を振れば、

「それじゃあ、伊茶さんは今日はいらっしゃらねえということで――」

ちょっと残念そうに言って、大御所は腰をさすった。

連日の奮闘で、腰を痛めたらしい。

大御所は、伊茶のびわ治療が大のご贔屓《ひいき》で、腰の疲れが溜まってくると、たまにふらりとお局館を訪ねてきて、伊茶を探しまわる。

このところは伊茶と巡り合うことなど滅多《めった》になく、すぐに帰ってしまうことが多かった。

「それより、例の土地の一件はどうなったんだね」

大御所は、俊平の隣にどかりと腰を下ろすと、年増《としま》のお局綾乃に声をかけた。

「それが、まだそれらしい進展はないのでございますよ」

「そうですかい」

団十郎は、残念そうにうなずいた。

「ひどい話なんですよ。人が長い間住んでるこの家を、さあすぐに立ち退けってんですから、無茶な話もいいところでございます」

横から吉野が、怒ったように大御所に言うと、

「まったくだよ。将軍様の子だかなんだか知らねえが、それならなんでも出来ると思ったら大まちがいだよ。だが、大丈夫。〈花角〉さんは、絶対売るって言わないからね」

大御所が、大きくうなずいて請けあった。

「そのお話をうかがって、安心しておりますよ」

と、吉野が愛想よく団十郎に言う。

「それにしても、面白い人だよ、その〈花角〉さんってお人は」

団十郎が、愉快そうに言った。

「どんなふうに？」

俊平が、にこにこしながら訊ねた。

「それがサ、子供のように屈託ない人なんだ」

「ほう、ならどんな句をつくるんだい？」

ごろりと横になって、眠っているようだった段兵衛がむっくりと起きあがって、大御所に顔を向けた。

「はは、そりゃ段兵衛さんと同じだよ。男気の強い人ほど、純な心の俳句をつくる。この間、あの人の作った句、こんなのがあったな」

そう言う大御所に、女たちが身を乗り出した。

「七夕《たなばた》で、竹につるすはおれの夢。ってのはあの人の作だ。団扇《うちわ》振る、気づかないうち、団扇振る。てのもあった」

「なに、それ」

賑やかな雪乃が、大きな声をあげた。

「へえ、素朴《そぼく》でいい句が多いね」

段兵衛が、わかったように言うと、

「いやいや、そういう句をつくる人に、悪い人はいないんだよ」

俊平も、納得してうなずいた。

賑やかな宴がつづく。

――ほう、今日は大勢訪ねて来てくれた。腕っぷしの強い者も多い。今日は帰ってもよいな。

そう思った俊平は、しばらくすると帰り支度を始めた。みなには悪いが、藩邸にもどらなければならない。

道場破りの来訪者が連日来ているので、藩邸が苛立っているのが気がかりであった。惣右衛門と並んで、それではと立ち、みなに手をあげて賑やかなお局館を後にすると、外ははや夜の帳《とばり》がとっぷりと降りていた。

葺屋町から木挽町までは遠からぬ距離である。

商家はもうあらかた店を閉めており、日中賑わう通りも閑散としていた。

よく知った通りだけに、軽く酔いはまわってはいるが、道に迷う心配はない。酒の回っている惣右衛門も、黙々とついてくる。

このところやや老いが見えてきたか、惣右衛門は足どりがちょっと乱れがちである。

道は繁華街を外れ、大きく左に折れて小さな神社前にさしかかる。

こんもりした杜《もり》が、鬱蒼《うつそう》として暗い。赤い幟《のぼり》の立つ社《やしろ》の奥に、狐《きつね》の像が見えている。

俊平はふと、そこで立ち止まった。

前方に人影がある。

惣右衛門もやや遅れて、酔っているとも思えぬ鋭い歩はこびにもどって、足を止めている。

影は、じっと動かない。目を凝らせば、なんと白い総髪の武士であった。

おそらく、俊平の帰路は調べあげていたのだろう。ずっとここで、俊平を待ち受けていたらしい。

その白髪からうかがえば、相当の歳のようだが、堂々として老いはどこにも見えない。矍鑠《かくしやく》たる体軀《たいく》なのであった。

山吹色《やまぶきいろ》の小袖《こそで》に濃茶《こいちや》の袴《はかま》。黒の陣羽織《じんばおり》を着け、その姿は一見して兵法者のように見える。

腰間《ようかん》に二刀、さらに斜めに鉄扇《てつせん》を手ばさんでいる。

その男が、視線を逸らさずじっとこちらを見ているのであった。

俊平は、兵法者を避けるようにして通りをすすんだ。

と、その男が、

「お待ちあれ」

低いくぐもった声で俊平を呼び止めた。

「私になにかご用か――」

「いかにも」

「何用であろう」

俊平は、男を振りかえると、落ち着いた口ぶりで訊ねた。

「先日、日本橋川の掘割沿いの小路でご貴殿と闘い、敗れた者の知人でござる」

兵法者は、そう言って微動だにせず立ち尽くしている。

「あの折の一刀流のお仲間か」

俊平は、あらためて鋭い視線で男の姿をうかがった。

月は満月に近く、明るい。賑やかな町の明かりもわずかに夜空に映っているが、男の表情がくっきりわかるほどではない。闇に隠れて、その深い眼窩《がんか》だけが見えている。

「それがし、鹿田源右衛門《しかだげんえもん》と申す。その折ご貴殿は、他流試合は断るが果たし合いならいつでも受けて立つと申されたそうだな」

男は笑うように言った。

「いかにも、そう申した」

「されば、ここでお貴殿をお待ちしていた」

男は、そう言って肩幅まで足を開いて間合いをとった。

すぐにも勝負に出る気配である。

「待たれよ。すまぬが今宵は、ちと酔うておる」

男は片手をあげて俊平を制した。

「あいや、多少の酒で立ち合いを拒むのは解《げ》せぬな。足どりを見ていたが、そこもと、乱れたようすもない」

「たしかに。酔うほど飲んではおらぬが……、命の遣り取り、ちと気が重いな」

俊平が後方に退いた。

「我が梶派一刀流は、小野派一刀流の正統的な継承者。これを、ふたたび世に出すためには、今日は避けて通れぬ大切な日である。この機は逃されぬ」

老兵法者は、確たる口調で刀の柄《つか》に手をかけた。

「ほう。梶派一刀流か」

俊平は、男に問いかけた。この流派には俊平も一目《いちもく》置いている。

流祖は梶新右衛門《かじしんえもん》という。小野派一刀流から分かれて一派を起こし、寛永《かんえい》九年（一六三二）には三代将軍家光に拝謁《はいえつ》、小十人役に取り立てられている。

この当時、小野派一刀流内では、梶新右衛門に及ぶ者なしと言われていたという。

この新右衛門の隠居後、弟子の原田市郎左衛門《はらだいちろうざえもん》がその宗家を継いだ。

以降、その流儀を梶派一刀流という。

「梶派一刀流といえば、小野派一刀流を継ぐ由緒《ゆいしょ》ある門流。将軍家剣術指南役に復帰されたいお気持ちはわかる。だが、あえて柳生新陰流を倒す必要はなかろう」

俊平は、毅然として男を見た。

「この文治主義の世、幕府剣術指南役に二つの流派は要らぬ。どちらかが廃《すた》れるは、やむなきこと」

鹿田は、どこか済まぬと言いたげに口をつぐんだ。

「されば、どなたかがそう申されたか」

「…………」

「やむをえぬようだな。さればお相手いたそう」

俊平は、惣右衛門に背後に退れと命じ、じゅうぶんに間合いをとって、鹿田源右衛門に対峙《たいじ》した。

「流派の対立ゆえ、もとより貴殿にはなんの怨《うら》みもないが」

鹿田はあらためて頭を下げた。

「その事情は、あいわかった」

俊平は、手をあげて鹿田を制すると、すっくと立ち身構えた。

足裏を心持ち反らせ、軽い足どりで立ち、刀を抜いた。

鹿田も、またほとんど同時に刀を鞘走《さやばし》らせた。

間合い三間。

こちらは他の一刀流諸派とはちがい、刀を上段ではなくぴたりと中段に取っている。

小野派一刀流には（五点）と呼ばれる秘技がある、と聞いている。五点では刀法を五群に分け、それぞれ一本ずつを表現し、五本一組にしている。

いずれも巧妙な攻撃技である。

受けて勝つ〈後《ご》の先《せん》〉の柳生新陰流とはまるで反対の刀法である。

勝負は、迅速《じんそく》に決するものと見えた。

鹿田は、揺らぐことなく上体を腰に乗せ、上半身を微動だにせずにじりじりと押してくる。

俊平は、押されるままに微風のように後方に退き、相手の出方を探った。

鹿田はさすがに一流派の頭目らしく、すばやく俊平の力量を読んで、動きをぴたりと止めた。やはり油断ならぬと見て、警戒を始めたらしい。

俊平も日本橋川の岸辺で襲いかかってきた三人の一刀流剣士とは、鹿田がかなりかけ離れた上位の相手であることに気づいた。

（これは大変な相手に出くわしたものだ）

俊平はすっかり酔いが醒めてしまった。

「おおッ」

鹿田は鋭い気合を放った。

「いざ」

俊平は、静かに応える。

鹿田は、動かずに撃ち込みの機会を狙っている。

むろん、俊平も簡単には動かない。

いや、動けなかった。

思いがけない長い睨み合いがつづいた。

背後で、固唾《かたず》をのんで惣右衛門が立ち合いを見ている。

提灯《ちょうちん》を掲げた二人組の男がこちらに向かって歩いてきたが、ただならぬ気配に駆け去っていった。

俊平は、慎重に左に歩きはじめた。

鹿田が、すかさずツツッと間合いを詰めてくる。

「やあ」

鹿田は、もう一度気合をかけたが、俊平は向き直った後、またひたすら歩きはじめた。

剣の勝負は、一瞬にして決まる。その心気力三つの統合が、俊平にはまだできていなかった。

俊平は、正直のところ、この白髪の老剣士とは斬り合いたくなかった。

鹿田はさらに間合いを詰めてくる。俊平は相手に飄々《ひょうひょう》として雲を摑むように見えているらしい。

がら空きのようでいて、それが誘いの隙のように見えるらしく、明らかな迷いがうかがえた。

だが、もはや意を決した鹿田は、自ら迷いを断ち上段に刀を撥ね上げ、腰を大きく沈めて立ち止まった。

間合、三間——。

俊平も、ぴたりと止まっている。

鹿田の正面に向き直った。

俊平の心気力の三つが、ようやく一点に昇り詰めた気がした。

鹿田のほうも、大きく膨《ふく》らんで俊平の目に映った。

鹿田は、ひらっと飛んで、突進してきた。

両者が、軽々と一投足《いっとうそく》の間境《まざかい》を越え重なりあう。

次の瞬間、俊平の刀が翻《ひるがえ》り、月光に光った。

鹿田は高胴を打たれて、道端にうずくまった。俊平の峰打ちが決まっている。

俊平はわずかに肩で息を継ぎ、あらためて鹿田老人を見下ろした。

鹿田は、なぜか満足そうに目を細め、なるほどといった顔で俊平を見あげていた。

二

ベコの笠原《かさはら》こと、寺社奉行所同心笠原弥九郎《やくろう》が、

——ちと濡れましてな。

と言って、ひょっこり柳生藩邸を訪ねてきたのは、俊平のお局館での酔いにまかせた三味線披露があってから、三日ほど後の雨の日のことである。

雨といっても小糠雨《こぬかあめ》で、ずぶ濡れというほどでもない。

「まあ、入られよ」

と言って、俊平はすぐに中奥の自室に笠原を通した。

このところ、大岡忠相と組む仕事が多くなったものだから、いわば南町奉行所から引き抜いてきたような男で、如才《じょさい》なく連絡係を務め、必要な話をまとめてくれるので重宝《ちょうほう》している。

といっても今日の笠原は、大岡忠相との連絡があってのことではなく、俊平が顔を出してみてくれぬか、と頼んだあることの結果を用意してきたものらしい。

いつの間にか、柳生家でベコの笠原などと愛称で呼ばれるようになっていることも知らぬ笠原は、やや首を前のめりにし、拍子をとるような変わったしぐさで部屋に入ってくると、裾をさばいて座り込み、

「柳生様、どうやらあの者ら、やはり南町奉行所の者ではありませぬな」

と言って眉を顰め、俊平に額を近づけた。

「やはりな」

俊平は、笠原の言葉にうなずいた。

言うまでもないことであったが、お局館を訪ねてきた武士の一団が、まこと南町奉行所の者とも思えなかったが、いちおう確認しておきたかったので、笠原がいてくれたことはありがたかった。

もし奉行所の者であれば、当然笠原も顔見知りのはずだからである。

だが、こっそり外から館を訪ねる一行の姿を通りを離れて見た笠原は、見たこともない奴らだと、まずすぐに直感したという。

「ならばそなたは、あの者らを何者と見たな」

俊平が笠原に訊ねた。

「しかとはわかりかねまするが、浅葱裏《あさぎうら》の紋付袴。いずこかの藩の田舎侍《いなかざむらい》でございましょう。私が館に入って、私は南町奉行所におった者だ、と申しましたところ、先方はさすがにどぎまぎし、おぬしなど知らぬと言い張っておりましたが、結局所用があるなどと言い、バツが悪いのか、早々に退散いたしました」

「そうか、やはりな」

俊平は、にんまりと笑った。

「さすがに、外回りの同心を長く務めたそなたのことだ。人を見る目は伊達ではなかったようだな」

「なに、お褒めいただくほどのこともございませぬが……」

笠原は、軽く後ろ首を撫でながら、

「されど、あの外回りの仕事は、まことときつうございましたな。もう二度ともどりとうはございません」

などと、昔を回想して言う。

俊平が聞くかぎり、外回り同心はけっこう余禄《よろく》も多く、町の人気者なのだが、その部分には笠原は触れない。やはりあまり合っていなかったのであろう。

今では寺社奉行所の閑職がすっかり気に入ったようで、顔つきまでのんびりとしてやや小太りとなっている。

「それにしても、宗武様が他藩の者まで動かしているとなると、これはかなり大がかりな企てとなってきたな。たかが、とるに足りぬ別宅の話と見ていたが」

「まことにもって」

笠原は、さすがにちょっと暗い表情になって押し黙った。

伊茶が、久しぶりの笠原の来訪に茶と菓子を運んでくると、にこりと微笑んでその膝元に置いた。伊茶は、ことのほかこのベコ侍が好きで、いつも顔をほころばせている。

「これは、奥方さま直々に、恐縮いたしまする。なにやら、お腹も大きくなったそうで、まことにお目出たきこと」

伊茶は、きょとんとした顔で笠原を見かえした。

「笠原殿、そなた、その話を、いったいどこで聞いたのだ？」

俊平が慌てて問い質した。

「むろん、お局館ででございます。あちらでは、この話でもうもちきりでございましたが、なにか……」

笠原は、わけがわからぬといった態《てい》で、俊平と伊茶を交互に見かえした。

俊平は、伊茶と顔を見あわせ、眉を顰めた。

「まことに、あの連中は、困ったものだ」

「はて。なにか、まずいことでも……？」

笠原は、茶菓子を口に入れようとしたまま、ちょっと慌てた。

「いや、まだはっきりしてはおらぬのだ。それが、もうこのように広まってしまっては、もしそうでなかった場合、後々困ったことになる」

俊平は大きく吐息を漏らすと、あらためて愛妻の顔をうかがった。俊平以上に、伊茶は困惑している。

「まことに、お局方はおしゃべりでございまするな」

笠原があらためて伊茶のようすをうかがうと、横にいた惣右衛門が、黙り込む伊茶に代わってそう言った。

「事実は、まだこのような内情の話なのだよ。笠原殿」

俊平が念を押した。

「心得ましてございます」

笠原は、大きくうなずいて、これ以上は他言せぬと請けあうと、

「それはそうと、偽同心のことで、お局様の館にはいましばらく立ち寄ることとして、問題は〈花角〉でございますな」

「瓢右衛門殿は、男伊達の義侠の人。どのような脅しにもけっして屈せぬとは聞いているが」

俊平が、安心したように言えば、

「それは、そうでございますが、やはり相手は将軍家の宗武様。いわば武家の頭領《とうりよう》の御子でござりますれば、ま、どこまで持ちこたえられるか……」

笠原は、むしろ悲観的である。

「されば、そなたは、〈花角〉は危ないと」

「すぐには、崩れますまいが、やはり……」

笠原は、そう言って口ごもった。

「そうであろうな。いずれにしても、世も末のようなこの話。南町奉行所を騙《かた》って、大名の家臣までが繰り出してくるのだ。もはや、謀略合戦はいきつくところまで行こ

うな」

「はい。甘くはございますまい」

笠原は、そう言いながら茶を口に含み、もともと緊張感がすぐに吹き飛ぶ男、その湯加減や茶の出具合の適切さに小さく唸ると、さらに茶菓子に手を伸ばした。

「それは、そうと」

笠原は、お局館に妙な男が姿を現したことをふと思い出した。

「それが、なにかやくざ者のような感じの男でございましたが、言葉だけは妙に丁寧で。なんでも大御所の紹介と申しておりました」

「大御所の紹介？　それは妙だな」

俊平が首を傾げると、廊下で慎吾が来客があると言う。

「通せ」

と命じると、

「町のしがない者ゆえ、庭先でけっこうと申しております」

などと神妙な態度だという。

「なに、身分うんぬんなど気にせぬ、ここに呼んでくれ」

そう指図して、笠原とともに待っていると、ずんぐりした奥目の男が、小袖に〈花角〉の半纏《はんてん》のまま、廊下で小腰を屈めて挨拶を始めた。

「そなたは？」

「お初にお目にかかりやす。口入れ屋〈花角〉の祥次《しょうじ》という者で」

「おお、義侠に通じた口入れ屋の祥次殿か。こちらこそ、よろしく頼む」

俊平は、笑顔で男を部屋に招き入れた。

「あ、この男でございます。昨日、お局館で出会ったと男は！」

笠原が、手を打って声をあげた。

「噂をすれば影、とはよく言ったものだ。それなら話は早い」

俊平は祥次を見かえし、さあ、とばかりに話を促した。

「じつは、うちの主は、葺屋町に少々土地を持っておるのでございますが、店に妙な侍がつぎつぎにやってきて困っておりやす」

「その侍どものことは、もうこの藩邸内では有名な話だよ」

「へい？」

祥次は、前屈みになって、惣右衛門と伊茶を見かえした。

「なんでも、幕府の評定所《ひょうじょうしょ》の役人を名乗っておるようでございますが、その割にはずいぶん口汚くて、昨日など、おまえの店は潜《もぐ》りだなどと」

「潜りか。それは妙な話だな。どういうことか」

俊平は、険しい表情で祥次を見かえした。

「つまり、酒屋の株仲間《かぶなかま》に入っていないと申しやすので」

「まことに、そうなのか？」

「とんでもねえ。きっちり入っておりやす。ところが、近頃株仲間に提出してある証書の不備があることがわかったそうで」

「まことか」

俊平は、またいぶかしげに祥次をうかがった。

「いいがかりでございますよ。うちでは、といっても、もうだいぶ前のことでございますが、きっちり耳を揃えて行司役《ぎょうじやく》に提出しているそうでございます。それに株仲間になると株札というものをくれます。これがあれば商売はつづけられるはずですが、株札がどうも見当らねえんで」

「先方は、それもないというのだな」

「へい」

「許せぬ、株札は盗み出したのであろう」

俊平は、真顔となって眉を吊りあげた。

だが、また冷静になり、

「それにしても、妙な絡み方をしてきたものだ」

と吐息をもらした。

「しかし、それは面倒だな。で祥次、私にどうせよと言う」

「とりあえずは、大御所のご紹介でご挨拶にまいりました。あっしども、自慢ではございませんが、相手が町奴風情でございましたら、喧嘩は敗けやしませんが、今度ばかりは相手が幕府のお役人。こちとらではどうすることもできません。そこで柳生様に、お力添えをいただけないものかと参上いたしました」

祥次は神妙な口調で言う。

「ふむ。事情はよくわかるが、株仲間に提出した証書の類がととのっておらぬ、株札もないでは、これはちと護りようがないぞ」

「むろん、こちらには自信があります。ただ、結局は出した、出してねえの言い合いになっており、しかも株札がございません。このままでは、商いを取りやめさせるよりないとのことでございます」

祥次は、しだいに元気がなくなって黙り込んだ。

「いい加減な話でもなさそうだが……？　その証書の類は、いったいどこのどなたが取りまとめていたのだ」

「下り酒の株仲間は、神野甚左衛門《かんのじんざえもん》というお人が行司役で」

「それで、神野殿は出ておらぬと申すのだな」

俊平が念を押した。

「へい。親分の話では、あの爺《じじい》は抱き込まれたのではないかと申しておりやす」

そう言ってから、祥次はグイと身を乗り出して、

「行司役が受けとっておらねえじゃァ、商売が上がったりになってしまいやす。なんとかならねえものでしょうか」

顔を歪めて、俊平に語りかけるように言った。

「はて、簡単にはなんとかなるまいな……」

俊平は、腕を組んで惣右衛門と顔を見あわせた。惣右衛門も、どうしてやったらよいのか考えあぐねている。

「もう、意地の張り合いでさあ。こっちも負けられません」

「そなた、相手が誰か知って申しておるのだな」

俊平は、驚いて祥次の勢いに問いかえした。

「もちろんで。田安宗武様でしょう。うちじゃ、でっちの小僧まで名を知っておりや

す」

　俊平は、惣右衛門と顔を見合わせて、苦笑いをした。

「で、行司役の神野殿には、直接当たってみたのか」

「それが、こちらから訪ねて行っても、居留守を使いやがりまして、誰も出て来やしません」

「ふうむ」

　俊平は、困ったように伊茶を見た。伊茶も手の打ちようがないといった顔で俊平を見かえしている。

「して、書類の不備と言ってきた役人は、けっきょく何処《どこ》の誰であったのかわかったのか」

「勘定奉行の神尾様配下の者と申しておりましたか……」

「なんだ、それなら正体は初めからばれておる。松平乗邑の直属の部下どもではないか」

「へい」

　横で、ベコの笠原が笑った。

　頭を掻く祥次を見かえし、俊平はまた眉を顰めた。

「そうか。それはいささか分が悪い……」

「なんとも、悔しうございます」

祥次も、うなだれている。

「最後の手段は上様に申しあげ、采配《さいはい》を奮《ふる》っていただくよりないのではございますまいか」

そう言って、伊茶が俊平に語りかけた。

「それは、あくまで最後の手段だ。それに、上様とて証書の類が揃っておらぬでは、どうすることもできまい」

そう言う俊平を、祥次が困ったように見ている。

ベコの笠原と祥次が揃って帰っていったのは、雨がやんだ半刻後のことであった。

「調べてみましたところ、〈花角〉のような下り酒屋はそもそも〈十組問屋《とくみどいや》〉というものを組み、積荷を皆《みな》で支配しておったそうにございます」

惣右衛門が昨夜は夜更かししたと言って、朝遅くに目をしょぼつかせて俊平の部屋までやってくると、ぶ厚い書類の束を広げてみせた。

「十組というのは、そも何なのだ？」

「初め、泉州《せんしゅう》堺《さかい》の商人が紀州富田浦《とんだうら》の二百五十石積みの廻船を借り受け、大坂から江戸へ荷を送ったのが始まりで、寛永《かんえい》元年（一六二四）になると大坂の泉屋《いずみや》平右衛門《へいえもん》が江戸積船問屋を開業、さらに五軒が新たに積船問屋を開業して、大坂の菱垣廻船《ひがきかいせん》の問屋が成立しました。そして、元禄《げんろく》七年（一六九四）、江戸の菱垣廻船が協議して、様々な品物を扱う江戸十組問屋が結成されました。ところが、享保十五年（一七三〇）、そのうちの酒問屋《さかどんや》が十組仲間から抜けて、酒専用の樽廻船《たるかいせん》を運航するようになりました」

「ふうむ」

「この樽廻船、船足が出るため菱垣廻船を圧倒するほどの勢いとなりましてございます」

「さればこの一件、十組問屋のものではなく、そのうちの一つの酒問屋のものなのだな」

「まあ、そのようでございます」

「なるほどの。されば株仲間になると、どのような長所、短所があるのか」

「それはもう、いちばんは信用でございましょう。不良品の廃棄、でたらめな取引の排除はすすみましょうが、値づけが決まってしまいますので物の値がつり上がる弊害もございます」

「その樽廻船の株仲間は、どこでまとめておるのだ」

「会所で会合を行い、行司、年寄、年番、取締といった役員が、事案の決定や統制を行っております」

「うむ。あらかたはわかったが、その行司役が〈花角〉の証書に不備があると申すのであれば、表向きこちらで文句を言うことはできぬな」

「まことに、難しい問題とあい成りました。それにしましても、ここまで話を大きくした田安様の我が儘は、まことに腹が立って収まりませぬ」

惣右衛門がまた思い出したように憤慨した。

二人に寄ってきた伊茶も、黙って話を聞いていたが、

「いかに、お局館周辺の土地が欲しいにせよ、人を陥《おとしい》れ、他人の稼業を瀬戸際《せとぎわ》まで追い込むなどとは、もはや我が儘で通る話とは思えませせぬな」

伊茶の怒りも止まらない。

「どこまでが宗武殿の策略かはわからぬが、やはり度が過ぎている」

俊平も眉を吊り上げた。

「まして、家や土地は、人が住んでおるところ。それぞれの暮らしがあるのでござい

ます。それを、有無も言わさず撥ね除けて」

めずらしく、伊茶も怒りを抑えがたくなっているようである。

「強引に、我が物にせんとするなど、許せることではない」

俊平も、伊茶につられてつい憤り出した。

「証書の保管は、株仲間の行司役が行うのであろう。奴が処分してしまえば、もはや残ってはおるはずもない」

「されば、新たに書けばよろしいのではないでしょうか」

伊茶が、思いついたように言った。

「祥次の話では、それはもはや受け付けぬと申すらしい」

俊平が否定したが、すぐに首を傾げた。妙な話である。

「もはや、株仲間から外れるよりありませぬ」

惣右衛門が、膝を叩いて怒った。

「とまれ、まずはその神野という行司役とやらに直談判《じかだんぱん》だ」

俊平が、憤慨して立ち上がった。

「殿が直々に、でございますか？」

「他に誰がする。証書が欠けておるなら、伊茶の申すように、改めて提出するだけのことであろう。受け付けぬとは何事だ」

「しかし、祥次の話では、株仲間はもはや閉ざされており、新たに加わることはできぬとのことでございました」

惣右衛門が言った。

「わけのわからぬことばかりを申す」

俊平が叫ぶように言って、慎吾から差料《さしりょう》を受けとった。

「されば、それがしもお供させてくださりませ」

惣右衛門も立ち上がろうとすると、

「いや、私一人でいく。気持ちはわかるが、二人でいけば怒りが止まらぬようになるやもしれぬ」

俊平が、惣右衛門を抑えた。

「いちばん怒っておられるのは、殿でございまするぞ。殿お一人を送り出し、この惣右衛門、じっとしているわけにはいきませぬ」

「されば、好きにいたせ。そうじゃ、まずは瓢右衛門のところに行って話を聞こう」

俊平は、苦笑いし惣右衛門を見かえすと、

「それがようございます。まずは詳しい話をお聞きになってから」

結局俊平は惣右衛門を伴い、日本橋の〈花角〉に向けて屋敷を飛び出していくのであった。

三

お局館の葺屋町の地主花角瓢右衛門は、日本橋本町に大きな暖簾《のれん》をかかげる下り酒屋で、さらにその脇では口入れ屋まで営み、界隈《かいわい》でも羽振りのよさが際立っている。

店はその日も活況《かっきょう》を見せており、大きな暖簾をかかげた店の入り口には、人の出入りが絶えない。

俊平と惣右衛門の二人は、通りの向こうから店の繁盛するようすを確認してから、通りを渡ってやおら暖簾を分けた。

「これは、柳生様。よくお越しくだされました」

俊平を見つけて、祥次がまず声をあげた。

帳場にいた瓢右衛門は、浅黒い顔に、どんぐり眼《まなこ》が深い眼窩《がんか》に座り、大きな鰓《えら》の張った顔はどこに出しても通用しそうな押し出しである。

「ああ」

と手をあげれば、店の者が飛んでくるほどの存在感であった。

この顔で俳句とは妙だが、こうした男がかえってうまい句をつくるらしい。

いかにも大所帯の主で任侠世界にも顔が効く男らしく、ゆったりとした風情で俊平の到来を歓迎した。

「祥次から話は聞いたぞ。そなた、大そうな目に遭《あ》わされたそうだな」

俊平が、ざっくばらんに瓢右衛門に声をかければ、

「さようで。このままでは株仲間から外され、商売が立ち行かぬことにあいなりまさア。どうか、柳生様にご助力を賜りとうございます」

と、丁寧な口調で俊平に言うのであった。

「よくわからぬが、株仲間から外れると、どうなるのだ」

「まあ、すぐに商いができなくなるというものではありませんが、別の廻船を用意せねばならず、それはもう大変で。経費も膨大《ぼうだい》となり、江戸までの日数も余分にかかりましょう」

「それでは、儲けはしだいに確保できぬようになろうな」

俊平が、瓢右衛門の弱り顔を見つめて言う。

「おそらく、儲けは吹き飛んでいきましょう」

瓢右衛門は、野太い声で言ってうつむいた。

「それは、いかん」

俊平は、ひとまず上がり框《かまち》に腰を掛け、若い手代が淹《い》れてくれた茶碗を握った。

瓢右衛門も、隣にどかりと座る。

「なに、負けはいたしませんや。あの土地はもう三代も前からうちのものでして、お局さま方にお貸しして、ずいぶん喜んでもらっています。こうなりゃ、意地でも手離すつもりはござんせん」

瓢右衛門は、自分もきっぱりと言って茶を啜《すす》った。

「紛失したとされる証書の類は、まことに出し忘れてはおらぬのか」

「いいや、とんでもねえ。ちゃんと一式揃えて出しておりますよ。なにを今さらで。急に問題になること自体、おかしゅうございます」

「うむ。あえて難癖をつけてきたとしか思えぬな」

「まったくで」

惣右衛門も、隣で相槌《あいづち》を打った。

「この株仲間の制度がすべて幕府公認となったのが、かえって仇《あだ》になりましたようで。幕府に認可を取り消されますと、身動きがとれませんや」

瓢右衛門はそう言ってから、さらに詳しく話をしたくなったか、

「さ、店先では落ちついて話もできません。ひとまず、奥にお上がりになってはいかがで」

と、俊平と惣右衛門を店の奥に誘った。

ごく身近な乾分《こぶん》二人が後からついてくる。

よく手入れの行き届いた内庭を見ながら、廊下を渡って奥に入れば、この界隈でも名だたる酒問屋らしく、薦《こも》につつんだ酒樽が床の間にずらりと並んだ応接間に通される。

腰を据えると、若い色気のある女が近づいてきて、愛想よく二人に好みの酒を尋ねた。

花角瓢右衛門の妻らしい。

まだ三十前の、さばけた江戸前の若い女である。

瓢右衛門が、妻の艶《えん》でございますと紹介した。

俊平は、大事の前、なんでもよいと言ったが、瓢右衛門は伏見からよい新酒が入ったのでぜひ飲んでみてほしいと言う。

飲んでみると、たしかに旨《うま》い。

酒の話はほどほどにして、瓢右衛門と話の本題に入る。

「瓢右衛門殿。書類が足らぬと言うてきているのは、たしか幕府の勘定方という話であったな」

「へえ。勘定奉行の神尾様ご配下の方々でしたが、なにか」

瓢右衛門は、忌《い》ま忌《い》ましげに言った。

「ふうむ。証書の類はあっても、秘かに廃棄されてしまえばそれまでのことだ。話をもっと上に持っていかねば、収まらぬ話とも思える」

話を聞いた俊平が、呻くように言った。

「もっと上へと申されるは、いったいどのあたりでございましょう……？」

「つまりは、上様だ」

俊平が顔を見かえし、あっさり言った。

「将軍様でございますか！」

瓢右衛門が、驚きを隠さず俊平を見かえした。

「老中首座の松平乗邑殿、いや、将軍様の御子が相手であれば、上様よりほかに灸《きゅう》を据えていただくお方はおらぬであろう。ただ、話を聞いていただけるかどうか、それは問題だがな」

俊平が腕を組んで言った。

「へい」

瓢右衛門は、あまり期待はできそうもない、といった顔で俊平を見かえした。

「なに、話はできるぞ。ひとまず、必要な証書をいまいちど用意してくださらぬか。それをまず、私から勘定奉行に手渡すことにする。その上で、この一件を上様にも言上し、もみ消せぬようにする」

「それができれば、文句はございませぬが……」

明るい顔で、だが半ばまこととも思えないといった顔で花角瓢右衛門は俊平を見かえした。

「まずは、やってみよう」

にこりと笑って力強くうなずいてみせると、先ほど店に入ったところで俊平を見つけた祥次が客間に顔を見せ、

「あ、柳生様――」

と、愛想よく声をかけた。

瓢右衛門は祥次を手招きして呼びつけ、

「されば、この祥次をひとまず柳生様との連絡役とさせていただきます。なにかあり

ましたら、飛んでまいります」

と言った。しだいに期待が持てると思いはじめたらしい。

「登城日は数日先となろうが、上様に話が通った暁《あかつき》には、こちらからも連絡を入れるといたす」

俊平がそう言えば、瓢右衛門が、角張った顔つきで慇懃《いんぎん》に一礼した。


その日、俊平が藩邸に戻ってひと休みしていると、夜も五つ（八時）近くになって、突然祥次が息を荒らげて藩邸に駆け込んできた。

そろそろ床に入ろうというところであったが、もはやそれどころではない。

祥次をひとまず屋敷にあがらせると、慎吾に急ぎ茶を用意させた。

「どうしたのだ、この時分に」

「じつは、お嬢さまとお坊っちゃま、それに迎えにいった奥様が、揃って今になってももどって来られねえんで。もしやと思い、主が柳生様にお知らせしておけと」

妻は、俊平と惣右衛門に酒を勧めてくれた艶という若い女である。

「それは妙だな。子供たちは、お幾つになる」

「千代《ちよ》さまというお嬢さんは十三になったばかりで、辰吉《たつきち》坊やは七つ。ご新造さんが寺子屋に迎えに行ったんですが……。店の者が手分けしてほうぼう探しておりますが。もしや、なにかあったのではと」

祥次は、顔を強ばらせた。

「それはやはりおかしい。すぐにまいろう」

と惣右衛門と顔を見あわて俊平は立ち上がり、慎吾に刀をとってこさせると、惣右衛門とともに日本橋の〈花角〉に急いだ。

到着すると、娘の千代と同世代の娘二人とその親らしい女房が二人、古参の番頭と並んで話をしていた。

瓢右衛門は、さっきとはうって変わった落ち着かない風情で店のなかをうろうろしている。

「あ、これは柳生様」

青い顔をして、瓢右衛門が近づいてきた。

「じつは、こちらのお嬢さん二人が、帰り道で三人がいるのを見かけたそうでございます」

「なに、それはどこでだ」

俊平が屈み込んで、母親に抱えられた娘の一人に訊ねた。

「寺子屋の帰り道……」

まだ十二、三歳の娘が言った。

深刻な事態になっていることを知っているのだろう、声が震えている。

「いつ頃のことだ」

俊平は、もう一人の娘にも問いかけた。

「寺子屋が退けてしばらくして」

「大勢の侍に手を引かれて、掘割の波止場《はとば》から船に乗っていたのを見たそうなんでございます」

祥次がそう俊平に言う。

「それでは、やはり……」

俊平が、眦《まなじり》を決して娘たちを見かえした。

だが、なぜなんの抵抗もなく船に乗ったのか。ひょっとして、騙されていたのかもしれなかった。

「とまれ、まちがいございません」

瓢右衛門が眉を吊りあげた。

「ひとまず現場に行ってみよう。案内してくれぬか」

俊平が娘たちに頼み込むと、娘たちは揃ってうなずいた。

とにかく、娘御が帰路とした道を辿《たど》ってみるとする。

俊平と惣右衛門、祥次が手に手に店の提灯を持ち、二人の娘たちと外に出る。

すでに夜はとっぷりと暮れていた。

人通りも少なく、時折闇のなかで提灯が揺れる。

「こちらで」

祥次が道を案内した。

大きな商店が立ち並ぶ大通りを折れ、小路に入り、子供たちがいつも通っているという近道を急ぐ。

艶とその子二人は、この界隈は知り尽くしており、最近は近道ばかりを使っていると言う。

路地を折れ、また広い道に出て、また小路に入る。裏路は、よく知った者でなければ、方位さえわからなくなる。

「あたしたち、なにもできなくて。千代さんたちを、なんとかしてください」

よほど心配をしているのだろう。時折娘たちが小声で祥次に言う。

一人は泣きべそになり、途中でわっと泣きだした。

日本橋川にそった人気《ひとけ》のない暗い波止場が見えてきた。

「ここで、あたしたち、日本橋川の掘割を見ていたんです……」

娘二人がそう言うと、

「あそこから船に乗っていったの」

もう一人の娘が指をさした。

「いつのことだい」

俊平が訊いた。

「まだ、明るかったから、三人が船に乗るのがはっきり見えた」

波止場には、今は船もなく、人影もない。

「やはり、何者かにかどわかされたのだな」

俊平は惣右衛門に言った。

「どんな侍だった」

「ちゃんとした格好をしていた」

娘の一人が言った。

それだけは、はっきりした。

「そろそろ帰ろうか」

俊平は、娘たちを引き連れ〈花角〉への帰路を急いだ。

だが、翌日になっても、〈花角〉には誘拐者からの連絡が入ってこなかった。

祥次がやっと藩邸に駆け込んできたのは、翌々朝遅くであった。

――娘をかどわかした。土地の沽券《こけん》を持って浅草の祥妙寺《しょうみょうじ》に来い。

と連記した書付が、店に投げ入れられていたという。

「なんとも、大胆不敵な奴らだな。町奉行所の探索など、まったく意に介するようすもない」

俊平は呆れはて、だが気を取り直して、

「玄蔵が来たら、〈花角〉に来るように伝えてくれ」

と慎吾に言い残し、惣右衛門とともに日本橋の〈花角〉に向かった。

慎吾には、後で寺社奉行所にも向かわせるよう言い残しておく。

町奉行は動かずとも、寺社奉行の大岡忠相ならばきっと動こう。寺社での誘拐は、寺社方の役目である。もっけの幸いであった。

〈花角〉は、さすがにかつて任侠世界で鳴らした一家だけに、店の者は決死の形相で居間に参集していた。手に手に匕首を握りしめている。

「それで、主殿。いったいどうするつもりだ」

俊平が、出て来た瓢右衛門に訊ねた。

「こうなりゃ、将軍でもなんでも相手にしやすぜ」

花角瓢右衛門も、すっかり腹を据えて闘いの準備に入っている。

落ち着いた下り酒屋の主が、とうに捨てた命がけの任俠の世界に浸る姿は、凄《すご》みさえ漂っている。

「子供の命には、代えられませんや。ひとまず、土地の沽券は用意しましたが」

悔しそうに瓢右衛門が言った。

「渡したくはなかろうがの。慎吾が先に向かったはずだが、惣右衛門、大岡殿にいまいちど連絡をとってくれぬか。捕り方が集まる場所は浅草の祥妙寺だ」

「かしこまってございます」

惣右衛門が〈花角〉を飛び出していく。

入れ替わりに遠耳の玄蔵が横っ飛びに飛び込んできた。さすがに、険しい表情である。

「玄蔵。よく来てくれたな。まず先に、祥妙寺に行ってみてくれぬか。この店の妻と子供二人がかどわかされた」

「えっ、まさか！」

玄蔵も、咄嗟《とつさ》のことで話を聞き啞然としている。

「その、まさかだ。宗武公は、なんでもなさる御仁とみえる。なんとしても、あのお局館の土地が欲しいのであろう。そのうえ、悪の大名どもの取り巻きが大勢ついている。まず町方など、ものとも思うておらぬようだ」

「祥妙寺では、なにをしたらよろしいので？」

玄蔵もどこか慌てふためき、いつもの落ち着きを失っている。

「いったいどんな顔ぶれが揃っているか、まずは確かめて欲しい。おっと、その前に妻と子供二人が無事であることを確かめるのが先決だな。取引前に、なにかするはずもあるまいが」

「かしこまりました」

言って、玄蔵が店を飛び出していくと、

「されば、我らもぼちぼちまいろう。私は花角殿の後に大人しく付いていくだけだ」

「柳生様が顔を出されて、大丈夫でしょうか」

花角瓢右衛門が、心配そうに俊平をうかがった。

「なに、私がそなたらの側にいることは、連中はとうに承知だ。問題はあるまい」

「されば、まいりましょうか」

瓢右衛門も、うむとうなずき、若い衆に目くばせして腰をあげた。

店の法被《はっぴ》を着けた若い衆が、花角瓢右衛門と俊平と惣右衛門を先導する。

「大丈夫だよ。寺社奉行も付いている」

並んだ花角瓢右衛門に、俊平が慰《なぐさ》めるように言う。

「寺社奉行がですか？」

惣右衛門が、怪訝《けげん》そうに俊平を見た。

「大岡忠相殿だ。あの御仁も、力を貸してもらえる」

「へい」

瓢右衛門はいったん安堵したものの、相手が大物だけに、また心配と重い吐息を漏らした。

祥妙寺は、寺社の密集する一帯の、こんもりとした杜《もり》のなかにその棟を静かに横たえていた。町中にしては、人の気配のあまり感じられない寺である。

「静まりかえっておるな。ここの宗派は、なんであろう？」

山門前で、辻駕籠《つじかご》を降りた俊平は、花角瓢右衛門に訊いた。

「どうやら、禅宗《ぜんしゅう》でございますな」

山門の額を見あげて、瓢右衛門が言う。

——曹洞宗《そうとうしゅう》祥妙寺。

と大書きされている。

「まことに閑静なところだな」

俊平は、辺りを見まわした。

鬱蒼たる松に囲まれて蟬《せみ》が煩《うるさ》く鳴いている。

「まったくなかに人がいないのでは、と思えるほどで」

妻子が気がかりな瓢右衛門は、緊張で声が強張《こわば》っている。

「まったくだ。瓢右衛門殿、ご家族は大丈夫だぞ。人質が生きておらねば、その沽券が手に入れられぬ」

「はい、それは」

宥《なだ》めるように俊平が言えば、ようやく緊張が解けたのか、重い安堵の吐息を漏らした。

「頼もう——」

寺の玄関に立ち、俊平が薄暗い廊下の奥に向かって声を放つと、しばらくして厳《いかめ》しい形相の黒衣の僧が六人、暗い寺の奥から姿を現し、玄関先で俊平と瓢右衛門を睨みすえた。

いずれも大柄な体軀の眼光の鋭い僧である。

「そなたらは、いったいどなたじゃ――」

坊主の一人が言った。

「花角瓢右衛門だ。沽券を持参した。女房子供を渡せ」

と正面の厳しい眼差しの坊主に向かって言う。

その男は動じぬ顔でわかっているとばかりにうなずいた。

「そちらは」

今度は僧が俊平に名を訊ねた。

「私は柳生俊平だ。これは供の者で梶本惣右衛門と申す」

俊平はふりかえって、惣右衛門の名も告げた。

「待たれよ」

坊主どもが揃ってどかどかとなかに消えていくと、ややあって姿を現したのは、紋服姿のかっぷくのいい武士総勢六名――。

その紋付の家紋にすばやく目を走らせたが、あいにく薄暗い寺の玄関先ではそこまで確かめられなかった。

「お手前方は、いったい何処《どこ》のどなたかな」

俊平は紋服の武士の一団を、舐めるように見て正面の男に訊ねた。

「名乗る必要などない」

憮然《ぶぜん》とした声で、男の一人が言った。

「ならばよし」

俊平は横を向くと、紋服の一団はそそくさと背を向け、

「これへ」

寺の薄暗い廊下を、後も見ずにすすんでいった。

俊平と花角瓢右衛門らは、黙して紋服の男たちを追った。

本堂の外廊下を通って厨《くりや》側《がわ》に廻り込むと、男たちは奥の一室に三人を招き入れた。

日焼けした畳み表の、ややうらぶれたおよそ二十畳ほどの部屋である。

そこに座して待つと、侍が七人姿を現した。さっきの紋服姿の武士ではなく、風格のある別の武士であった。はるかに押し出しがある。

いずこかの藩の重臣のようであった。

三人が前に座り、その後方に四人――。

その厳しい眼差しに、俊平は視線を外して庭を眺めた。

「妻と子に会わせてほしい」

瓢右衛門が沈黙を破り、正面に座す侍に言った。

「沽券は、持参してきたか」

正面の侍が、また低く確認した。この一団の中心的人物のようである。

俊平は、すばやくその紋服の家紋に目を走らせてみた。

竹に雀《すずめ》――。

伊達家の紋である。

左右それぞれ侍は、まちまちの家紋であった。どうやら、列藩同盟の家臣らしい。

「用意してきた」

瓢右衛門が、懐を押さえて言う。

「見せよ」

正面の男が言った。

瓢右衛門は、しかたなく懐から沽券を取り出した。

「妻と子は――」

「今連れてくる」

正面の男が言うと、左の男が立って部屋を去り、しばらくして部屋の外がざわめき、妻艶と千代、辰吉の二人の子供が引き立てられるようにして姿を現した。

子供たちはただよろよろと引きずられるように歩いてきた。

連れてきたのは、さきほど玄関に出迎えた六人の屈強な僧である。

子供たちは、またすぐに目を閉じた。よほど眠いらしい。なにか薬を盛られたか、身じろぎもしない。

妻の艶だけが、半眼のまま苦しそうにもがいていた。

「子供たちは、大丈夫だろうな……」

瓢右衛門が、咄嗟に険しい表情で問いかけた。

「大丈夫。生きておるわ。ここまで歩いて来られたのだ。自分の子が生きているかどうかもわからぬのか」

右の侍が唇を歪めて言うと、正面の侍が、

「それより、交渉だ」

と、低く言った。

「この沽券を差し出すので、妻と子は返せ」

「よかろう」

中央の男が、そう言って左脇の男に合図を送ると、男も部屋を去り、ややあって、盆に載せた小判の山を持って来て瓢右衛門の前に積んだ。

「全部で五百両ある。土地の代金だ」

正面の侍は、そう言ってから、不足か、とでも訊ねるように、瓢右衛門をうかがった。

「金のことはわかった。妻と子を返せ」

「その沽券を、まず先にこちらに渡すのだ」

「いや、妻と子が先だ」

瓢右衛門が、頑《かたく》なに言い張った。

にらみ合いがつづく。

その遣り取りをよそに、俊平は奇妙なことが起こっていることに気づいていた。天井から細い紐《ひも》のようなものが、スルスルと垂れ下がってくる。それを伝って、なんと黒装束《くろしようぞく》の男が降りてくるのであった。

よほど、紐は強靭《きようじん》らしい。見れば、鋼鉄を撚《よ》った紐のようだ。

まぎれもない黒装束の男は遠耳の玄蔵であった。

玄蔵は侍の集団の背後に降り立つと、ちいさくうずくまった。

すぐ前には僧がいる。侍たちはまだ気がつかない。

「しかたないの」

侍はそう言うと、七人の背後の艶と二人の子に目を向けた。

その時、玄蔵がぬっと立ち上がった。

斜め前の六人の僧も、はっと気づいて玄蔵に向き直った。

つぎつぎに周囲の僧に当て身を食らわしていくと、玄蔵は二人の子を両手に抱えて立ち上がる。

各藩の男たちの間に動揺が走った。

すかさず、俊平が前に踏み出していた。

（こ奴！）

七人がそれを見てそれぞれに脇差しを抜き払い、俊平に斬りかかった。

部屋のなかだけに、動きは鈍い。

その刃を躱し、俊平もまたつぎつぎに脇差しを翻した。

胴を抜き、袈裟《けさ》に打ち据えるが、いずれも峰打ちである。

七人が折り重なるように倒れていく。

表が騒がしくなってきた。

遠く馬のいななきが聞こえる。大岡忠相の率《ひき》いる寺社奉行所の捕り方が、たった今到着したようであった。

外の気配が寺内にも伝わり、どたばたと人が駆けまわっているのがわかった。

障子が乱暴に開け放たれ、十名ほどの紋服姿の男たちが部屋に雪崩込《なだれこ》んできた。

玄蔵が、子供を抱えて俊平と瓢右衛門の背後に回った。艶が俊平の脇に立つ。

「ええい、柳生めッ」

いまいましげに、雪崩込んできた紋服の侍らが叫んだ。

だが、俊平を幕府剣術指南役と知る男たちは、打ち込んでこられない。

玄関から、どっと捕り方が押し寄せてきて、騒がしさがいっそう寺内を包みはじめた。

寺社奉行の到来を知って、僧侶が逃げまどう。

「ええい、われらは武士。寺社奉行どもに関わりはあるまい！」

遠くで、各藩士の怒鳴る声が聞こえた。

「これで、どうやらそなたの妻子は無事取りもどせたようだな」

俊平が瓢右衛門に歩み寄り声をかけると、

「柳生様、これにすぐる喜びはありません や。このお礼はきっと後ほど」

瓢右衛門は、叫ぶや感極まって子供二人を抱き寄せた。

子供二人は、ようやく我にかえって父にすがりつき、大きな声をあげて泣きはじめた。妻艶が瓢右衛門の袖に縋《すが》り着く。

俊平と惣右衛門、玄蔵は、それを見て微笑みあった。

「御前、全容がわかってまいりましたぞ」

玄蔵が、あらためて俊平の耳に額を寄せて呟いた。

「と、申すと――」

「この寺には、しばらく前から各藩の侍が競うように集まっておりました。田安宗武様のご機嫌をうかがっておったのでございましょう」

「どこの藩士であった」

「伊達が多数でございましたが、他に桑名藩、忍藩、細川藩の者も」

「先ほどの七人も、いずこかの藩の者であろうな」

「中央におったのは、伊達藩の重臣綿貫主水《わたぬきもんど》と申す者でございます」

「されば、玄関に出迎えた者らは」

「はて、わたしは見ておりませぬが、いずれも他の外様諸藩の者かと」

「そうか」

俊平は納得し、

「ここまで問題が大きくなれば、もはや上様のご裁断を仰がねばなるまいが」

　と溜息混じりに言えば、

「それにしてもあっしは腹の虫が収まりませんや。なんとか仕返ししてやりてえもんだ」

　さすがによみがえった任俠の血が騒ぐのか、花角瓢右衛門がまた悔しそうに唇の端を曲げた。

　俊平は苦笑いして立ち上がると、その花角瓢右衛門一家を従え、玄関に向かった。向こうで、大岡忠相が満足そうに寺社内を見まわしているのが見えた。

「来てくだされたな」

　俊平が、忠相の肩を取った。

「これで、不要な争いをせずにすんだようだ」

「それは上々。あの者ら、寺社奉行の世話にならぬと憤慨して出ていったが、たしかに引っ捕らえるまではいきませなんだ。それが残念しごく」

「なに、じゅうぶんです。あとは、上様のご判断――」

　俊平が笑顔で応じると、忠相もうなずいて、部下の与力に寺僧の捕縛《ほばく》を手際よく命じるのであった。

四

「やっぱり、やるんでございますか、御前」

遠耳の玄蔵が、ちょっと困ったように俊平をうかがった。瓢右衛門が、どうしても妻や子供の復讐《ふくしゅう》をしたいと言ってきかないのである。

俊平も面白そうだ、ちょっとだけお供をするか――と、乗り気になりはじめていたのである。

「黙って、このまま泣き寝入りしたんじゃ、ご先祖の江戸の町を賑わした町奴に申し訳がたたねえ」

などと瓢右衛門は言う。

町奴は十七世紀の後半、幕府の弾圧もあって次第に姿を消したが、任侠の道に生きるその心意気は、今も瓢右衛門の胸に熱く生きているらしい。

――侍がなんでえ、大名がなんでえ、
という町奴の心意気は、今も健在らしい。

「だが、相手は大名。いや将軍の子なのだ。後が怖いぞ」

と俊平は説得したが、瓢右衛門は熱くなった胸のうちを、もう冷ます術《すべ》をすっかり忘れてしまったかのようである。

ことに、宗武の乾分《こぶん》の大名どもには、なんとか復讐してやりたい。

瓢右衛門の計画では、諸大名の江戸留守居役の会合に出て、ひと泡吹かせたいという。

惣右衛門までが、

「それは、ちょっとした騒動になるかもしれませぬな」

などと言い出す始末で、俊平周辺も収まりがつかなくなっていたのであった。

惣右衛門の推察するところでは、相手は祥妙寺の僧が寺社方に押さえられており、大岡忠相の下、きっとなにもかも白状させられているので、評定所も動き出しているはず、もはや表立っては反撃できないのではないかと言う。

「そうかもしれぬな」

俊平もそう思いはじめると、話はなおのこと、ひと騒動に向かって動き出す。

「ただし殿、お遊び程度にしておかれたほうが」

惣右衛門は、一方でそう釘《くぎ》を刺した。

俊平は玄蔵に頼み込んで、宗武派の江戸留守居役がたむろする吉原《よしわら》の引手茶屋《ひきてぢゃや》〈松《まつ》葉屋《ばや》〉を突きとめ、その隣室を借りる算段はつけたが、玄蔵はまだ心配顔である。

「瓢右衛門は、これで百年つづいた下り酒屋が潰れるなら、それもいい。こうなったら、町奴の最後の心意気を見せてやると言ってきかぬ。少しだけ灸をすえるのもよいかと思う」

俊平が、瓢右衛門の言葉を振りかえって玄蔵に言えば、

「しかたありません。ひと肌脱ぎましょう」

そう言って、玄蔵はさらに調べあげ、次の会合の場ばかりか日取りまで突きとめたのであった。

宴会には諸藩の江戸留守居役が集まり、さらに田安家の家老まで顔を出すという。

「これは、けっこう愉快なことになるかもしれぬな」

遂には、俊平も日を追って乗り気になり、その日を愉しみに待つしまつとなったのであった。

その日――。

吉原の引手茶屋〈松葉屋〉の奥まった二階の一室では、諸藩の江戸留守居役およそ十名が一堂に会しているようであった。

伊達藩、桑名藩、細川藩、忍藩等々、錚々《そうそう》たる藩の重役達である。

さらに遅れて、田安家家老森川俊勝《もりかわとしかつ》、宴なかばには老中松平乗邑までがずらりと顔を揃えた。

いつもの宴となり、祥妙寺の騒動について話がおよび、評定所の審議の進捗《しんちょく》状況も伝えられて、苦りきった表情の面々であったが、たがいに笑顔で酒を酌《く》み交《か》わせば、歌舞音曲《かぶおんぎょく》も加わり後はいつもどおりの賑やかな席となる。

どこから聞こえてくるのか、別室の三味の音も、今日はいやにかん高い。

「ちと煩《うるさ》いの」

誰かが苦々しげに言うと、部屋の女たちも、負けじとバチの音を高め、踊りまわった。

宴の留守居役らも、重い腰を上げて、芸者衆と踊り謡《うた》う。

ようやく宴も盛り上がったところに襖が開いて、いきなりドヤドヤと見かけぬ町人が雪崩《なだれ》込んできた。

〈花角〉と印の入った半纏を着けた男たちが部屋に入ると、一緒になって狂ったように踊りはじめたのである。

「なんだ、なんだ！」

諸藩の留守居役が声をあげた。

女たちが踊りを止めて、男たちを見まわした。

見たことのない町人の集団である。

「へい、申し訳ございません。あっしどもは下り酒屋〈花角〉の者でございます。うちの店の女房とその子二人が、こちらの方々に匿《かくま》われておるそうにございます」

そう言ったのは、大店の店主花角瓢右衛門である。

「匿われている？　なんだ。それは！」

伊達家の留守居役が声をあげた。

「お惚《とぼ》けになっちゃいけません。お話によれば、うちの女房子供がこちらの部屋に連れ込まれているそうで、連れもどしにまいりました」

「な、なにを言う。無礼者め！」

桑名藩の江戸留守居役がわめく。

「こ奴ら、あの花角の者だな。だが、なにゆえ、この宴席に」

老中松平乗邑が、怒り狂って立ち上がった。

「いわずと知れたこと。復讐でございますよ」

瓢右衛門が、松平乗邑に向かって声を張りあげた。

「誰か、こ奴らを取り押さえろ！」

田安家の家老森川俊勝が叫んだ。

だが、隣から聞こえてくる音曲の音がさらに大きくなるばかりで、その叫びがよく聞き取れない。

と、同じ絵柄の半纏を着けた男たちが、さらにどやどやと部屋に押し入ってきて、諸藩の江戸留守居役をはね飛ばし、蹴飛ばしはじめた。

いちおう誘拐された家族を探すふりをして、部屋のなかをうろつきまわったが、瓢右衛門の妻子がそのようなところにいるはずもない。

「ええい、どけどけ。ここにいるはずだ！」

瓢右衛門が、つぎつぎに各藩の江戸留守居役を弾き飛ばしていく。

「ええい、こ奴ら、許さぬ！」

目を剝《む》いて、諸藩の留守居役が反撃を試みるが、大小は帳場に預けている。

それに、二十人からの屈強な男たちに部屋に入ってこられては、数では太刀打ちできない。

最後には、各藩の留守居役は男たちに殴られ、踏みつけられて、のびてしまった。

と、どこに潜んでいたのか、瓢右衛門の妻艶、千代、辰吉の三人がするすると部屋に入ってきて、畳の上に大の字に転がった。

「あ、おまえたち、やはり、ここにいたか」

瓢右衛門が、大袈裟《おおげさ》に声をあげた。

松平乗邑も田安家の家老も、まだ意識のある諸藩の留守居役も、あっけにとられてそれを見ている。

「おまえたち、よくもおれの女房子供をかどわかしやがったな」

瓢右衛門が、松平乗邑に向かって凄んだ。

「知らぬ。そのようなこと、我らは知らぬぞ」

「どなたか、この場のようすをしっかり見とどけてくださいまし」

瓢右衛門が左右を振りかえって芸者衆に声をかければ、

「どうしたという」

群がる客の後ろから出て来た男がいる。

柳生俊平であった。

「私は、たまたまここに居合わせた者だが、なにを見ておけ、と申すのだ」

「あ、お侍さま。こいつらが、あっしの女房と子供をかどわかし、土地を売れと脅すのでございます」

「それは、とんでもない奴らだ。こ奴らはいったい何者だ」

にやりと笑って俊平が、部屋の侍をぐるりとねめまわした。

「ほう、これは松平乗邑殿ではござらぬか」

俊平が、グイと松平乗邑に顔を寄せた。

「おまえは、柳生ッ」

「やはり、ご老中。まさかと思いましたぞ。あなたが、瓢右衛門さんの女房と子供二人をかどわかしたとは、信じられませぬ」

「馬鹿を言うな。なぜわしが！」

「あの女房と子供は祥妙寺におったのだ。とうに連れ去っておるではないか」

桑名藩の留守居役某が言った。

「それはまた、異なことを。なにゆえ祥妙寺に花角の女房と子供を」

「知らぬ。わしらは知らぬ」

松平乗邑があくまで言い張った。

花角の男たちが、ぐるりと留守居役を取り囲んだ。

「そちらは、田安家のご家老か」

俊平は顔を隠すように諸藩の留守居役の背後に回った男に声をかけた。

「田安様は、このことご存じか」

「はて、なんのことだ」

「なんのこととは、お惚けを。葺屋町の土地が欲しいばかりに、地主の瓢右衛門の女房、子供をかどわかし、強引に沽券に印を捺《つ》かせようとしたことでござるよ。それがし、上様より影目付のお役目を拝命しております。もしそうなら、上様にご報告せねばなりませせぬ」

「主は知らぬこと。我らのみでやった」

田安家家老が苦し紛《まぎ》れに言った。

「まことでございますな」

俊平は、家老にさらに顔を近づけた。

「そうだ。偽《いつわ》りはない」

「されば、そのように上様にお伝えいたしましょう。ご老中――」

俊平はまた松平乗邑に顔を向けた。

「な、なんだ、柳生ッ――」

急《せ》き込むようにして、松平乗邑が俊平の名を呼んだ。

「田安宗武さまは、お世継ぎ家重様の弟御にして、長子相続では家臣に成り下がるお立場の身。決して贔屓《ひいき》の引き倒しにならぬようお気をつけなされよ」

「わしが、いったいなにをしたという」

「家重公の廃嫡を、ひそかに上様に進言なされておられる。私見を述べるのはご勝手ながら、まこと家重様のごようすをうかがったことはおありか。家重公は、たしかにお体はご不自由だが愚昧《ぐまい》にあらず。きわめてご聡明だ。いかなる判断も狂うことがない。ようく確かめてからものを申されよ」

「ええい、柳生。憶えておれ！」

松平乗邑が、怒気で真っ赤に顔を染めてそう叫ぶと、俊平を睨みつけ、部屋を出ていった。

その後に、田安家の家老と諸藩の江戸留守居役がつづく。

廊下に鈴なりとなった酔客の間から、わっと喝采《かっさい》が起こった。

花角瓢右衛門が近づいてきて、

「これで、すっきりいたしやした。獄門台に上ったところでもう悔いはありやせん」

そう言えば、俊平がその肩を取って、

「なんの。勝負はこれからだよ。けっしておぬしを獄門台などには送らぬぞ」

俊平がそう言うと、花角の男たちが手を取り合い、たがいに喜び合う。

瓢右衛門の女房艶と二人の子供が、嬉しそうに俊平に頭を下げるのであった。

第五章　吉宗乱舞《よしむねらんぶ》

一

「こたび柳生様が真っ向から楯《たて》をお突きになったことを、宗武様はひどくお怒りになっておられるとうかがいました」

吉原の引手茶屋での大暴れがあって三日ほど経った日の夕刻、玄蔵がひょっこり柳生藩邸を訪ねてきて、渋い顔でそう言った。

「まったく、派手におやりになったもので」

玄蔵は、苦笑いしている。

「いえね、今日は大した話もないのでございますが、その件に関連して、ちょっとお城で耳に入ったことを、ご報告がてら……」

玄蔵はそう言って、俊平の前に座り込むと、ちらと部屋の外をうかがい、

「なあに、お気になさるほどのことじゃございませんが……」

そう前置きし、やおら前かがみになった。

「柳生様は、上様の剣術指南役でございまする」

「むろんのことだ」

「ところが宗武様は、ぜひにも小野派一刀流も将軍家指南役に加えることを直々《じきじき》に上様に言上《ごんじょう》したそうでございます」

「なに、宗武様が上様に直々に……、しかし、そのような話、上様がお受けになるはずもない」

「それはそうなのでございましょうが、なんでも、宗武様は柳生様が御養子で、実力は、はるかに一刀流に及ばぬはずと申されておるそうで」

「それなら、大丈夫だ。上様は、私の力をよくご存じだ」

「私もそう思いました。それにしても、宗武様は上様の面前で懲《こ》りずに柳生様を悪《あ》しざまに申されます」

「なに、言わせておけばよい。派手に動いて、失うものもあろうが」

俊平は、苦笑いして玄蔵を見かえした。

「だがそれにしても、玄蔵。そなた、その指南役の話、どこで聞いてきた」

俊平は玄蔵の情報源のほうがむしろ気になった。

「お城の耳の長い坊主たちからで。あ、そう言えば、大名連中は、引手茶屋での騒ぎの後も、性懲《しょうこ》もなく夜毎騒いでおります」

「それも、お城坊主の報せか。それにしても、暇な奴らよ。だが、まだ上様がご健在でよかったものだ。もし、代替わりして愚かな将軍にでもなっておれば、こうした騒ぎは、御家騒動となり徳川宗家を二つに割っておろう」

俊平は、おぞましそうに首を撫でた。

「ただ、それにしても、宗武様の人気がまだまだ高うございますな」

宗武を推《お》す諸藩の動きは、大奥お庭番の間でも注目されているという。家重の瓦版の評判も影響していると思える。

「うむ。家重様があのようなお体ゆえ、宗武様が取って替わってもよいと見る向きもあることはあろうな」

俊平も、長子相続の意義がわからぬ大名らのなかでは、ある程度宗武人気が高いのもいたしかたないとあきらめている。

「伊達藩など、田安家に頻繁《ひんぱん》に付け届けをしておると聞いております」

「伊達藩が――」

俊平は、吐息とともに寺で遭遇《そうぐう》した伊達の重臣の顔を思いかえした。

「各藩とも、したたかでございます」

玄蔵も、あきれたように言う。

「だが、そこまでして諸藩が動いて旗幟《きし》を鮮明にすれば、後々とりかえしのつかぬことにもなりかねぬであろうに」

俊平は、派手に立ちまわる宗武周辺が、後で引っ込みがつかなくなることを心配しはじめていた。

「それにしても、気になるのは、なぜか各藩に集まる剣客《けんかく》でございます。江戸留守居役の会合にもこのところ、時折各流派の剣客らしい者が顔を見せるそうでございまするぞ」

「剣客が」

俊平は江戸留守居役の宴に剣客が招かれることの不自然さを思った。

「その者どもの、身元を調べてみましたところ、伊達藩は溝口派一刀流、桑名藩は甲源一刀流、忍藩は中西派、いずれも一刀流を取り揃えております」

「また、一刀流でございますか」

伊茶が、横から話に割って入った。

伊茶が剣を始めた当初の流儀は一刀流で、築地《つきじ》の浅見道場《あさみどうじょう》では、皆伝の免許を取り、師範代までつとめていたので、一刀流の内情はよく知っている。

「家重公を崩すには、御前を下さねばならぬ、と思いはじめておるのでございましょうか」

玄蔵が考え込むような眼差しで言った。

「ふむ、私は大したこともしておらぬが……」

柳生新陰流としては、他流のことゆえとやかく言うものではないが、二派が並び立つ武の時代は去ろうとしている。だが、そうなると、この動き、柳生新陰流を排する動きに変わるかもしれない、と俊平は思うのである。

「よもやとは思うが、それだけ宗武殿が私にお怒りとあれば、実質柳生を排する動きとして捉えたほうがよいのかもしれぬな」

俊平が言えば、惣右衛門もうなずいた。

「我が藩は、将軍家指南役として一万石を得ておりますが、もし指南役を降りれば、それも得られず、大名家から旗本へと格下げになりましょうな」

惣右衛門は、冗談めいた口ぶりで言った。

「万石同盟も、これで解散じゃな」

俊平も、軽口をたたくように惣右衛門に応じた。

「されば、なんとしても、一刀流には負けられませんや」

玄蔵が、笑いながら言う。

「そういえば、一万石同盟の連中とは、久しく会っておらぬの」

俊平は、剣術指南役の話にはいささか辟易《へきえき》して伊茶に顔を向けた。

「さあ、お誘いを受ければ、飛んでまいりましょうが」

伊茶は、兄一柳頼邦のことを思って言った。

「されば、玄蔵。いましばらくの間、宗武派の面々を見張ってくれぬか。一刀流を集めているところがちと気になる」

俊平はふと現実にもどって、玄蔵にそれだけは伝えておいた。

「承知しました。さなえもこのところ雑用で手が離せませんでしたが、ようやくお力になれそうでございます。同僚の口利きで、吉原の引手茶屋に潜ませております」

「さなえにも、世話をかけておる」

「へい、そのお言葉を、さなえも喜びましょう」

俊平がそんなやりとりをして玄蔵を屋敷から送り出した数日の後、いきなり田安家の者が直々の書状を持って、柳生藩邸を訪ねてきたのには俊平周辺も驚かされた。

表書きに「下」とある。

「たしかに、田安様は徳川家のお方ゆえ、殿にとっては主筋でございましょうが、上意とは、ずいぶん強引なことを申される」

その使いが帰った後、惣右衛門がそう言って苦笑いするのを聞きながら、やおら俊平がその書状の封を開けてみると、文章は冷たく儀礼的な表現で、

——柳生新陰流をぜひ学びたい。ついては、当家を訪ねてはもらえぬか。

という趣旨《しゅし》の文面が、したためられていた。

「ふざけた話だ。たしかに徳川様ゆえ、主筋にはちがいないが、あの御仁が柳生新陰流に興味があろうはずもない。それに、教える、と申して、ただ型だけを披露《ひろう》するわけにもいくまい。その場で一刀流の者と立ち合うことになるのは必定《ひつじょう》だ」

俊平が、憮然《ぶぜん》とした口調で書状をたためば、

「そんなところでございましょうな。しかし、万一にもその場で殿が敗れることにでもなれば、それをよいことに、上様に指南役を替えるべしと言上するのではありますまいか。ご用心なされませ」

惣右衛門も、そう言って眉を顰めた。

「されば、これは罠《わな》ということになるな」

　俊平は、書状を慎吾に廻すと、また笑って惣右衛門を見た。

「そうなりまする。まずは、行かれませぬのが無難かと存じまする」

　そう言う惣右衛門に、慎吾が深刻な表情で俊平を見かえした。

「ふむ。だが、行かねば行かぬで、臆したとの誹《そし》りを受けよう。それに、上意じゃそうな」

「この誘い、やはり受けるよりありますまいが。なに、殿が負けるはずなどござらぬ」

　惣右衛門が、俊平を励ますように言った。

「しかし、勝負は時の運。やはり負けることもあるのかもしれぬ……」

　惣右衛門の心配性が顔を出す。

「さようでございます。世間は狭いようで案外広い。どのような強い敵が現れるかしれませぬ」

　今度は話を聞いていた慎吾がぼそりと言った。

　慎吾は、もともと小心なところがあって、急に気弱になってきたようである。

「されば、旗本への格下げは、甘んじて受ける覚悟をしておけばよいだけのこと。いっこうに構わぬ」

俊平が言えば、

「さよう。どのみち田安様が将軍位にお就《つ》きになれば、もはや当家はやっていけますまい。ここは、真っ向田安様と張り合うよりないのでございます」

惣右衛門も声を張りあげ、強気か弱気かわからないことを言っている。

伊茶が、そうした二人を見て笑っている。

「伊茶は、なかなか胆力をつけたな」

「なんの、殿は負けませぬ」

伊茶は、きっぱりと言った。

「されば、自信をもって田安家を訪ねてみようか」

俊平は、妻の元気づけに目を輝かせた。

「伊茶さまの申されるとおり、殿が負けるはずもないと考えまする」

そう自らに言い聞かせて、慎吾がうなずくと、

「大丈夫、大丈夫」

俊平も、自分に言い聞かせるようにそう言い、数日ぶりの稽古のために道場に向かうのであった。

後に清水家《しみずけ》を加えてもう一家、一橋家とともに御三卿《ごさんきょう》の一角となる田安家は、江戸城の西北田安門の内にある。同地は田安明神《みょうじん》の旧地であったことから、その名が付けられたという。

宗武は八代将軍吉宗の次男で、この時二十四歳、元服して右衛門督《うえもんのかみ》に叙任、お守り役を付けられて賄米《まかないまい》三万俵を与えられていた。

田安家の創設は享保十六年（一七三一）に遡《さかのぼ》り、俊平が訪ねたこの年（一七三八年）には、まだわずかに木の香も残る瀟洒《しょうしゃ》な佇《たたず》まいとなっていた。

出迎えた門衛は、家人から話を聞きおよんでいたのか、心持ちきつく俊平に接し、あらためて敵地を訪れた思いを嚙みしめることとなった。

玄関近くの小部屋で四半刻（三十分）ほど待たされると、幾たびか対面したことのある田安家の家老森川俊勝が素知らぬ顔で現れ、

「お待たせいたしましたな、柳生殿。さ、こちらに」

と、吉原での一件など忘れたように空惚《そらとぼ》けて、およそ三十畳はあろうという道場に俊平を案内した。

床は磨き上げられたようなつるつるの明るい板張りで、さまざまな武道の鍛錬《たんれん》がこ

こで行われているという。部屋の隅には弓の的が置かれ、壁際には竹刀《しない》がずらり並んでいるのが見えた。

四面の壁際に、家士が居並び座している。正面神棚の下に座る若い侍が、誰あろう田安宗武であった。

面長の顔だちで、眉が高くはねており、目が細い。なかなかの偉丈夫《いじょうふ》である。居丈高《いたけだか》で傲慢《ごうまん》な視線が、まっすぐに俊平を射る。

俊平はちらりとその方を見てうなずいた。

俊平は、その若侍の前にすすみ出て、ゆったりと座すと、堂々としたたたずまいで拳《こぶし》を立て軽く平伏した。

「大儀。ようまいられたな」

甲高い声で、宗武が言った。

「柳生新陰流は、さすがに強いと聞いておる。新陰流の祖上泉信綱《かみいずみのぶつな》の直弟子の柳生石舟斎《せきしゆうさい》は不世出《ふせいしゆつ》の名人であったと聞く。また、代々名手が出て、幕府開闢《かいびやく》以来、将軍家剣術指南役を務めあげておる。その剣の道統は、まことなかなかに立派なもの。ただ、ちと心配なことがあってな……」

宗武がそう言って、鋭く俊平を見かえした。

「と、申されまするとＪ」

俊平は、やおら宗武を見かえした。

「そなたは、久松松平家《ひさまつまつだいらけ》から柳生家へ養嗣子《ようしし》として入った者であったな」

「いかにも、さようでございまする」

俊平は、顔を伏せたまま応じた。

「柳生家の者ではなかったそなたゆえ、それなりの強さを保って、父吉宗公に剣術指南をするのは大変であろう」

宗武はうかがうように俊平を見た。

「ご心配は、ご無用と存じまする。それがし、幼き頃より尾張《おわり》の柳生新陰流を学び、免許皆伝。代々の柳生藩主に劣るものではけっしてござりませぬ」

俊平は、眉ひとつ動かすことなく言った。

「そうか、それを聞いてまずは安堵した」

田安宗武は、わずかに唇の端を歪め、

「されば、柳生新陰流の真骨頂《しんこつちょう》を、今日はとくと見たいものじゃ」

と、あらためて身を乗り出した。

壁際の家臣も、一様に身を乗り出したようであった。

「型を、お見せすればよろしいのでございますな」

俊平が淡々と訊ねた。

「いや」

宗武は、冷ややかな笑いを浮かべて俊平を見かえし、

「当家にて、数人腕達者の者を用意してある。その者らを相手に試合稽古で柳生の剣を披露してほしい」

俊平は、すかさず宗武を睨みすえ、

「それは、あいにく難しうございまする。柳生新陰流は将軍家のお留流《とめりゆう》。他流試合は禁止されてござりますれば、残念ながらその儀かないませぬ」

「なんの、これは他流試合ではない。他の者はただの相方じゃ。柳生の剣の型が見たいだけのこと」

宗武が、含み笑って言った。

「はて、型をお見せするだけのことに、相手は要りませぬが」

俊平は突き放すように言った。

「柳生、なにを案じておる。これは試合ではないと申したぞ。型を見るにも、相手がおればわかりやすい。それだけのことじゃ。言うとおりにいたせ」

ほとんど押し問答のようになっている。俊平はやむなく引き退った。

「いたしかたありませぬな」

俊平は紋付を脱ぎ払い、道場の中央に向かっていく。と、壁際から人が立ち、俊平の前にするするとすすみ出て、すっと竹刀を構えた。

「そちは、そこに立っておれ」

俊平は、その男を睨みすえて言った。

「されば、お望みどおり、柳生新陰流の型をお目にかけまするる」

向き直って一礼し、

「撃ち込んでまいれ」

と、俊平は男に鋭い気合で指示をした。

男は、上段に竹刀を撥ね上げると、腰を乗せるようにして大きく踏み込み、俊平に向けて真一文字《まいちもんじ》に竹刀を振り下ろした。

俊平は体をひらき、斜め前に踏み出して、軽々とそれを躱す。

だが、男はすぐに体勢を立てなおし、今度は俊平に猛然と撃ち込んできた。

俊平はわずかに動揺したが、それを霞《かすみ》に受けとめ、さらに数度撃ち合ってスッと男の胴を抜いた。

「一本──ッ」

白鉢巻《しろはちまき》の審判の家士が、声を上げる。

「宗武様、型をお見せするだけ、と申しましたぞ。これは、いかなることでござろう」

俊平は、怒りは見せず宗武をただ見かえし、そう言った。

「おお、そうであったな。だが、みな血気盛んな輩《やから》ゆえ、それでは済まぬらしい、気にいたすな」

宗武は、薄く笑って平然と言葉を返した。

「次ッ」

審判の者が声をあげる。

壁際に居並ぶ男たちのなかから、また一人男が立ち上がり、スルスルと俊平の前に立って竹刀を構えた。

これは、さきほどよりずっと大柄の男で、両手の竹刀の先端が漲《みなぎ》る力に小さく震えている。

膂力《りょりょく》も強そうである。

構えも隙なく、歩はこびも美しい。

おそらく、どこかで町道場を開いていそうな風格がある。

「宗武様、これでは話がちがいまするが」

俊平が、いまいちど確かめるように言うと、

「まあ、よいではないか。どうせ皆、そなたの前では赤児同然の腕前であろう。柳生。実戦にてまことの型を見てみたいのじゃ。頼む」

たしかに前の男はさほど強くはなかったが、グンと相手の技量が上がっているのがわかる。

「大谷貫衛門《おおやかんえもん》でござる。まいる」

おそらく皆伝級の腕前であろう。

やむなくこの男に対峙《たいじ》すると、男も同様に、上段に竹刀を撥ねあげ、滑るようにして踏み込んでくる。

やはり一刀流である。

俊平は、数歩退って間合いを保ち、ゆっくりと男のようすをうかがった。

この貫衛門、やはり前の男よりはるかに強い。

踏み込みも力強く、乱れなく、一分の隙も見せない。

俊平は油断なく構え直し、道場をぐるぐると廻りはじめた。

相手も、俊平を追って同じように旋回《せんかい》する。

上段に撥ねあげた竹刀からみて、同じ一刀流であることはまちがいないが、細かな流派のちがいまではわからない。

一刀流は、小野派一刀流の頃からはすでにだいぶ細分化しており、真っ向上段から真一文字に撃ち下ろすだけの単純な刀法から巧妙な技も加わってきているらしい。

俊平は、隙なく身構えたまま、やや歩度を速めた。

相手は、旋回しながらゆっくりと間合いを詰めてくる。

いつの間にか、間合いは三間に。俊平は、竹刀を斜め、下段に落とした。

これは、誘いの隙である。

それを、見はからうようにして貫衛門が動いた。

バンと床板を鳴らして踏み込み、真向一文字に撃ち込んでくる。

これを躱して、その竹刀をたたいたが、相手もすばやく飛び退く。

ふたたび、間合い三間――。

と、今度は貫衛門は竹刀を中段に移し、そのまま腰を乗せ押してきた。

スルスルと恐れもなく前に出て来る。

俊平は、また後退した。

といっても、力に押されるふうではなく、風にそよぐ木の葉のように軽々と退き、貫衛門をうかがう。

明らかに貫衛門は俊平相手に威圧されているようである。

鋭い対決のなかで、貫衛門は疲れを見せたか、息継ぎが荒くなっているのがわかる。

俊平は中段のまま前に出ると、ちらと宗武のようすをうかがった。

宗武は、いけ、と険しい眼差しを向けている。

それに背を押されるように、ふたたび貫衛門が前に出た。

中段のまま、鋭い気合とともに突きが押し出される。

俊平はそれを滑るように体を交差させて躱し、翻《ひるがえ》って上段から撃ち込む相手の竹刀を中段で受けた。

今度は、二つの体が重なりあい、激しい鍔迫《つばぜ》り合いとなった。

力では、俊平がやや不利――。

一歩退けば、男が足を掛けてくる。それを踏みとどまって、逆に相手の軸足《じくあし》を払うと、貫衛門は面白いようにどうと倒れてしまった。

カランと、竹刀を落としている。

だが驚いたことに、相手はそこで怯《ひる》まなかった。

勝負はまだと、そのまま貫衛門は俊平に抱きついてくるのである。それを振り払うが、貫衛門は離れない。相手も必死である。

ともに倒れそうになって、かろうじて貫衛門を突き放すと、相手は俊平を一瞬見失った。

「それまで――！」

審判の高い声が轟き、貫衛門は荒く息を継いで悔しそうに胡座《あぐら》をかき、俊平を見やった。

だが、俊平も今の組み撃ちで、やや消耗《しょうもう》している。

「次ッ」

さらに、審判が次の相手を指名した。

目つきの鋭い男が進み出て、俊平の前に立ちはだかると、五間の間合いを置いて対峙した。

どうやら、これはさらに上位の相手らしい。

おそらく、一流の道場主と見えた。

気合も風格も前の二人とはさらに格段にちがう。

鷹揚《おうよう》な構えから、竹刀をぴたりと中段に取り、俊平の喉頸《のどくび》に向ける。

「あ、いや。これは、型を見せるだけでござったな」

男は、太々《ふてぶて》しく笑っている。

「名は――」

「矢崎厳五郎《やざきげんごろう》と申す。甲源一刀流」

ふむと、俊平は息を継いだ。

「いずこかの――」

「忍藩師範代をいたしておる」

「これは」

俊平はふたたび宗武を見た。知らぬふうに他所《よそ》を向いている。

「なんの、型だけ、見せていただきたい」

矢崎は、平然と言ってのけた。

三間の間合いを取って対峙する。

わずかに息が荒くなっている。咽《のど》が渇き、生唾《なまつば》が粘っこくなっているのがわかる。

じっとしていれば疲労が足に溜まり、動きの切れが鈍くなる。ここで力まかせに相手に押し切られれば、思わぬ不覚をとることも考えられた。

俊平はやむなく道場を旋回しはじめた。

息を落ち着かせ、失った体力を回復させなければならない。
俊平は、道場を廻りながら、相手の動きをうかがった。
幸い、相手は俊平の小さな乱れに気づいているようすはない。
宗武はと見れば、肩をいからせ、いけ、としきりに矢崎に合図を送っている。
相手が、それを見てじわりと動いて前に出た。
俊平は、後退するよりなかった。
これを隙と見て、相手はさらに俊平を追った。
間合いは、わずか二間――。
相手は、その間合いをさらに踏み越えてくる。
俊平は、跳び退き、新たに三間の間合いをつくって、また道場を回る。
「参ったな。おまえも竹刀を捨て、まだ食らいついてくるのであろう」
言いながら、相手をうかがった。
相手は笑うばかりである。
俊平はさらに逃げた。
矢崎は追ってくる。
「組みついて、なにが悪い。一刀流の剣は、柳生などとは勝負にかける気合がちがう」

　矢崎が誇らしげに言った。

　言いながらも、矢崎は打ち込みの隙を狙っている。

　俊平は、深く呼吸し息をととのえながら歩く。

　三周すると、ようやく英気がじょじょに甦《よみがえ》り、息が浅くなっているのがわかる。

　次の周回で、俊平はやや歩度を緩《ゆる》めた。

　心気と刀が合致し、一気に決する勝負の瞬間が近づいていることを俊平は感じた。

　さらに、俊平は歩く。

　歩度を緩めたことで、矢崎は疑念を抱いたようである。俊平が疲れたと見たのか、踏み込みが力強く、荒くなっている。

　偽りの隙と疑っているのだ。

　俊平は方針を変えた。疲れたと見せて、剣を斜め下段にとり、誘いを掛ける。

　矢崎が、さればと誘われるようにツッと前に踏み出て来た。

「やあッ」

　誘いの気合を放ったが、相手はまだ攻めてこない。

　俊平の動きに、怪訝な思いを抱きはじめたらしい。

俊平は、さらに竹刀を下段に落とした。
相手は痺《しび》れを切らしている。
宗武が、いらいらしながら矢崎を睨んでいるのが見えた。
矢崎は覚悟を決め、腰を大きく沈め、一気に飛び上がった。
それに合わせて、俊平がすっと前に踏み出ていく。
両者が重なり合ったかに見えた瞬間、俊平の竹刀が鋭く走った。
「一本――！」
審判の鋭い叫びが、道場に轟きわたった。
俊平の相手は、もはや道場にはいないらしい。
次に立ってくる男がいない。
宗武はいまいましげに立ち上がり、俊平を見かえすこともなく席を離れた。

二

「御前、ちょっと厄介《やっかい》なことが持ちあがりまして」
遠耳の玄蔵が、さなえを伴い渋い顔で柳生藩邸を訪ねてきたのは、俊平が田安御殿の道場で非情な立ち切り試合をよぎなくされ、かろうじて三人の一刀流兵法者を破って帰ってきた日から数えて五日ほど後のことであった。

「こんな刻限から、お騒がせして申しわけありませんが、ちっとばかり気になっちまって」

さなえと顔を見あわせ玄蔵が言うには、本日は将軍吉宗の芝増上寺への墓参があり、家重も随行することになっているのだが、西ノ丸ではひと騒ぎ起こっているという。

西ノ丸一帯の警護を受け持つ者が教えてくれたというのだが、

「家重様のために用意されていた組み立て式の厠《かわや》が、昨夜忽然《こつぜん》と姿を消し、西ノ丸の家士が探し回っているのでございます」

と玄蔵が言う。

「厠が！」

「家重公は厠が近く、外出時には十度、二十度と厠に立たれます」

玄蔵があぁそうかと膝を叩いた。

俊平はまだ見たことがないが、簡易式の厠で折り畳める便利な造りとなっているという。

「小用が、お近いのであったな。厠がないとは、つまり、何者かに盗まれたと言うのか」

「上様とご一緒の墓参で、あまりに厠が近く、しかも厠がないとなれば、上様も家重様の次期将軍ご就任を躊躇《ちゅうちょ》なされるのでは、と企《たくら》んだのではないかと思われます」

玄蔵は、冷静な口調で言った。

「されば、あの一党、あきらめておらぬな」

俊平は、苦い顔をして控える惣右衛門の顔を見た。

「近頃は、廃嫡騒ぎが治まらず、さすがに家重公も気になされておられます。なんとか早く探さねえと」

「それなら、私も力を貸そう」

俊平が立ち上がろうとすると、

「それと、いまひとつちょっとお報せしておきたいことが……」

そう言って、玄蔵が俊平を制し、懐から取り出したのは、一枚の瓦版であった。

また座り込んで俊平が目を通してみると、家重の厠の近さを面白おかしく書き綴《つづ》った例のもので、これは吉宗からも見せてもらっている。

これがいま火がついたように江戸市中に大量にまかれ、江戸町民の話題を攫《さら》っているという。

「これ以上、厠騒ぎを広めると家重様ももちません。なんとか食い止めねえと、と思いまして」

玄蔵がそう言って、さなえと顔を見あわせた。

「大攻勢が始まったかにみえます」

玄蔵が俊平に耳打ちした。

「最後の攻勢を狙ったものであろう」

「急ぎまいろう」

俊平は慎吾に差料をもってこさせると、

「惣右衛門もまいるか」

と声をかけた。

俊平が駆けつけた西ノ丸御殿は、あいかわらず人の姿が少なかったが、玄関を入って廊下を奥にすすめば人の固まりが見える。

大岡忠光の姿があった。

「忠光殿。厠が消えたと聞いたぞ」

「そのとおりにございます」

忠光が焦りの見える口調で応じた。忠光の話では、厠は城外裏手の厩《うまや》に置いていたという。

「昨夜まではあったのか」

「はい。夜の見まわりに出た折までは」

忠光は不思議がった。

「それは妙だな」

忠光の案内で、俊平は惣右衛門と玄蔵を伴い、その西ノ丸裏手の厩に向かった。

西ノ丸の厩は広い。忠光はその広大な厩の端まで歩いていき、

「ここに、掛けておきました」

と言った。

厩の脇にすぐに持ち出せるように用意していたのですが、軽率だったと忠光はしきりに悔やんでいる。

「不審な者を見た者はおらぬのか」

付近にいた若い家士を数人呼び止めて、忠光が訊ねた。

「さきほど、西ノ丸正面玄関まで行って聞いてまいりましたが、厠を持って外に出た者はないとのこと」

近習が言った。

「ならば、まだ城内に隠してあるのかもしれぬぞ」

俊平が忠光にそう言うと、向こうからお庭番の紅一点さなえが駆けてくる。

「どうであった」

玄蔵が大声で訊ねた。

「道三堀《どうさんぼり》付近で、荷の出入りがございます。不審な者どもがなにやら運び出したようでございます」

さなえが遠くから声をあげた。

道三堀は天正十八年（一五九〇）に徳川家康《いえやす》の命《めい》により江戸城への物資を運ぶ船入りとして、和田倉門《わだくらもん》から日本橋川の呉服橋門《ごふくばしもん》まで開削《かいさく》されたものである。

南岸に幕府医師曲直瀬道三《まなせどうさん》の屋敷があったところからこの名が付けられた。

「されば、なにかを運び出しているのだな」

俊平がさなえに訊ねた。

「なにやら薦《こも》を被ったものを運び出しておりました。私も見てまいりました」

「いつのことだ」

「つい、さっきのことにございます」

俊平と玄蔵が顔を見あわせた。

「怪しい。我らの動きを知り、いずれここでは見つかると、城外に運び出そうとしたのかもしれぬ」

俊平が、そう言ってうなずくと、惣右衛門も、もしやといった顔をした。

五人揃って辰ノ口《たつのくち》まで出てゆくと、ちょうど人足らしい陽に焼けた男たちが船に荷を搬出しようとしているところが見えた。

薦を被った大きな荷物である。

男たちは、五人の出現にハッと気づき向き直った。

「その荷について、ちと訊ねたい」

俊平が、すすみ出て誰何《すいか》した。

「なに用か」

人足を束ねる人相の険しい男が、訊ねた。

武士らしいが、その鋭い眼差しは、ただの武士とも見えない。

「おぬしらには、かかわりあるまい」

冷ややかに人足らも言う。

「そうはいかぬ。その荷、西ノ丸から運び出したと見た」

大岡忠光が言った。

「だからなんだ」

「私は、柳生俊平、上様の命《めい》にて影目付を拝命しておる。その荷には、怪しき儀あり。役目により取り調べる」

「ならぬ」

人足頭らしい鋭い眼差しの男が、俊平の前に立ちはだかった。

「わけのわからぬことを申す。うぬらの知ったことではないと申したであろう」

男は強面《こわもて》にそう言い、

「いいからつづけろ」

と、人足らに積荷の運搬を急がせた。

「待て、その荷を、どこに持ち去る」

「知らぬ」

男が振りかえって俊平に言った。

「この中身、厠と見たぞ」

俊平が、さらに荷に近づいて片足を荷車にもたせかけた。

「これがなにゆえ厠と！」

「ほれ、扉《とびら》の把《と》っ手《て》が見えておるわ」

俊平は薦をめくり、その下の厠の壁をたたいた。

男たちが、ぎょっとして荷を見かえした。

人足が、俊平の前に並んで立ちはだかる。

「これを、城外に持ち出す気か」

「知らぬ」

人足頭がとぼけたように言う。

「うぬら、田安家の者ではないな」

玄蔵が、人足をぐるりと見まわした。

男たちは黙っている。

「こ奴らは、ただの人足ではありませぬぞ。動きが妙に俊敏《しゅんびん》でその背に隠した刀は直刀でございます。といっても、幕府にはこんな連中はおりませんが」

玄蔵も、ぐるりと男たちを見まわして言う。

「となると、こ奴らは……」

忠光が、人足を見まわして玄蔵に耳を寄せた。

「はて」

玄蔵が小首をかしげた。

「これは面白い。その正体を、暴いてくれよう」

俊平が柄頭《つかがしら》を抑えて前に踏み出すと、人足が六人、パッと四方に散って身構えた。

「なるほど、この身のこなし、明らかに忍びだな」

俊平が刀の柄に手をかけると、人足は身を低く沈め、低く身構える。

玄蔵も、俊平に背を合わせて忍刀を握りしめた。

「残念だが、もう幕府にはこれだけの忍びは残ってやしません。お気をつけて」

玄蔵がちらと俊平を見て助言した。

「田安家を助ける忍びといえば、まず伊達が思い浮かぶ」

俊平が、ぐるりと男たちを見まわして言った。

「伊達といえば、黒脛巾組《くろはばきぐみ》――」

玄蔵が言い放つと、彼方《かなた》から新手《あらて》の男たちが、六人ほどこちらに駆けてくる。

「ほう、揃ったな」

「おぬしら、斬って捨てるよりあるまいが、名だけは聞いておこう」

男が、俊平に向かって誰何した。

「私の名は、柳生俊平――」

さすがに俊平の名は通っているのであろう。人足頭がうっと後方に退いた。

「これは、田安家の物だ。ゆえあって城外に持ち出す。おぬしにはかかわりない」

人足頭が心持ち丁寧な口調になって言う。

「そうはいかぬ。この人足どもは、ただの人足ではない。それに、薦の陰からすでに厠が見えておる。これは昨夜、西ノ丸から盗まれたもの」

「もはや、問答無用か。そこをどけ」

人足頭が俊平に向かって叫んだ。

「さ、それはそちらしだい」

俊平が、男をにらんで一喝《いっかつ》した。

「素直にそれをもどせば、うぬらの素性《すじょう》は訊ねぬ」

五人を囲んだ男たちが、それぞれに目で合図を送った。

背後に差した刀を小脇にまわし、その鯉口《こいぐち》を切る。

「いよいよ、やるかね」

俊平も、左手で鯉口を切った。

人足たちは低い体勢から俊平をうかがう。

それは黒蜘蛛《くろくも》にも似た動きであった。

「御前、脚にご注意を」

背後の玄蔵が小声で言う。

「わかっておる」

さなえと忠光を、惣右衛門が護っている。

応じた刹那《せつな》、前の三人が直刀を片手に、ほとんど同時に俊平の足元に飛び込んできた。

掬《すく》うようにして横に薙《な》ぐ。

俊平はすばやく撥ねあがると、荷車に飛び乗っていた。

次の瞬間、その荷車を蹴り、ふたたび高く飛ぶや、人足の只中《ただなか》に飛び降りる。

それを迎えて、人足の直刀が数刀、斜めに流れた。

だが、男の一人を蹴り付けた俊平の足が早い。

蹴り付けられ、体勢をくずした忍びの近くに降り立った俊平は、二人の人足を袈裟《けさ》に斬って落としていた。

矢継《やつ》ぎ早《ばや》、新たな人足が俊平の足を掬《すく》うように直刀を横に薙ぐ。

だが、俊平はそれより早く、滑るように後方に退くと、斜め前に出て、人足二人を上段から斬って落とし、残った二人の胴を払った。

瞬《また》く間に、六人の人足が斬り落とされている。

俊平は、玄蔵に助太刀しようと寄っていった。

それを見て、慌てた人足が道三堀の水に浸かり、そのまま水中深く潜行していった。

「さすがに伊達の忍び、これ以上は追えぬな」

俊平は懐紙《かいし》で刀を拭うと、刀を納めて玄蔵を見やった。

と、俊平と忍びの一団の争いをよそに、新手《あらて》の男たちが、厠を載せた荷車を道三堀に持ち出していく。

荷を積んだ船は瞬く間に岸を離れ、

「あっ」

と気づいた時には、船はすでに水の上にあった。日本橋川の方面にすすんでいく。

「これは、まずい」

駆けよってきた玄蔵、忠光らに俊平が言った。

「しかし、あの厠がなければ困る、追いかけるよりありますまい。だが、すぐに船は用意できません……」

忠光が狼狽《ろうばい》を隠さない。

見わたせば、船頭のいない空《から》の荷船が、岸辺に横付けされているのが見えた。

「だが、櫂《かい》を操《あやつ》れる者がおらぬ」

「あっしでも、少々なら」

玄蔵が遠慮がちに言った。

「よし、玄蔵殿に託す」

俊平が船に駆けていき、乗り込んでみた。

船は空でそのぶん船足は速そうである。

櫂を取れば、なんとか玄蔵でも操れそうである。

「よし、これを使おう」

俊平とさなえ、忠光が小舟に乗り込み、玄蔵が櫂を操りはじめた。

玄蔵の操船法はまっとうで、無駄もない。大きな乱れもなく前方の荷船を追っていく。

「船足はどうだろう」

忠光が玄蔵に訊ねた。

「おそらく同等か、わずかにこちらのほうが速いとみまさあ」

「そいつはいい。あとは玄蔵さんの腕次第だ」

忠光も期待をかける。

「あまり、当てにしてもらわねえほうが……」

と言いながらも、船は乱れることなくすすみ、しだいに船足を速めていった。

「よし、玄蔵の腕にかけよう。追いつくのだ」

「へい。早くしないと、将軍様の行列が出てしまう」

玄蔵の櫂をもった手に力がこもる。


「こちらの船足のほうが、たしかに速いようだな。あの船に近づいている」

忠光が言えば、俊平も舳先《へさき》に移って刀を立てて、前方の船に目を据えた。

「いいぞ、玄蔵」

俊平も思わずけしかけた。

敵船に乗っている人足の姿もはっきりと見えてきた。

「総勢六人か。おそらく伊達藩の忍び黒脛巾組にまちがいあるまい」

「どこに、向かっているのでしょう」

忠光が俊平に身を乗り出して訊ねた。

「さて、大川沿いといえば、仙台堀の河口に大きな仙台藩の米倉があったな。そこに持ち込まれたら手も足も出ぬぞ」

俊平が前を睨んで言う。

「なるほど、その前にひっ捕まえなければいけません」

忠光が言う。

人足が船上の荷の間から、じっとこちらをうかがっている。

風が出て来て、俊平の鬢《びん》をなびかせた。

だが、いずれの船足も速く、近づけそうで、容易に近づけない。

やがて、行く手右手に江戸城大手門につづく常盤橋門が見えてくる。江戸五口《ごくち》のひとつ奥州街道への出口で、三代将軍家光の頃までは、この橋は大橋とも浅草口橋とも呼ばれていた。

「おい」

俊平が前方の船の人足に向かって叫んだ。

「その荷は置いていけ。うぬらには必要のないものだ」

返事はもどってこない。

「注意してください。何か隠し武器を持っているかもしれない」

玄蔵が俊平に言った。

「黒脛巾組の得物《えもの》は玄蔵も知らないだろうが、忍びの持つ武器ならばおよその見当はつく」

「そろそろ接近します」

玄蔵が緊迫した声音で言った。

船の間隔が着々とせばまっていく。

——ざっと五間。

「追い詰めましたぜ」

玄蔵が、得意になって言った。

と前方の船から、いきなりこちらに向かって何かが投げつけられた。

「まずい。焙烙弾《ほうろくだん》を持っていやがった」

玄蔵が叫んだ。

焙烙弾は、点火のための紐《ひも》が付いている。

その焙烙弾がこちらの船に落下してごろんところがった。

「まずい、さなえ！」

玄蔵が、早く捨てろとさなえに命じた。

慌てたさなえが、焙烙弾をつかみあげ、海に向かって放り投げた。

ほとんど同時に、水柱があがる。

「あんなものを食らったら、ひとたまりもありませんや」

玄蔵が櫂を持つ手を早めた。

敵船にさらに接近していく。

やがて両船は、音を上げて激突した。

俊平が舳先からようすをうかがうと、荷の脇に隠れて船上から矢継ぎ早に一文字手裏剣がたたきつけられる。

それを俊平がすべて弾き落とすと、やがて船から六人の人足が姿を現した。


「黒脛巾組頭目長谷部源内《はせべげんない》と申す」

男が船側に立って言った。

「そのまま去れ！」

俊平が叫んだ。

「柳生殿に、剣で立ち向かうはいささか不利。されど、我らには我らの剣法がある。このような場所では、不利をおぎなうものにて、我らに有利。ご披露しよう」

長谷部と名乗った男が背後をかえりみると、男たちが揃って抜刀し、こちらに向かってくる。

「忠光どのとさなえはここに残っておれ」
俊平が言い、立ち上がると、移ってきた人足に対峙した。
すぐ背後に玄蔵と惣右衛門が立つ。
俊平はゆっくりと抜刀した。
どこかで音がして、敵船からふたたび焙烙弾が投げ込まれた。
それをふたたび、さなえが受けて水中に投げ捨てる。
今度は水柱はあがらなかった。
俊平は、さらに前にすすんでいる。
前の男が、打ちかけるとみせて、その頭上から別の男が俊平に斬ってかかる。
俊平は舞い降りる男に向かって刀を突き上げた。
ほとんど同時に、前の男が突いてくる。
それをななめに踏み込んで外し、袈裟に斬った。
落下してくる男は、逆袈裟に斬りあげる。
「柳生、こたびはうぬの勝ちだ。あらためて勝負いたそう」
長谷部源内が船上から叫んだ。
「逃げるか源内！」

船側に立った俊平が叫ぶ。

水音が連続してあがる。

残った男たちが、放った焙烙弾である。

「柳生さま！」

さなえが、船上に駆け寄ってきた。

「大丈夫だ。敵は逃げていった」

「あちらの船は、どうやって持ち帰りましょうか」

忠光が言う。

「さて、操れる者は玄蔵の他ない。綱でこちらと結ぶよりないな」

俊平が応える。

「上様の増上寺ご出発はあと一刻後と思います」

忠光が言う。

「ならば、間に合うな」

俊平は安堵の胸を撫で下ろした。

闘いはまだまだつづこうが、峠《とうげ》は越したかに見えた。

忠光のようすも明るくなっている。

三

「宗武め、まこと増長しおったな」

将軍吉宗は、しばし俊平と大岡忠相の二人が語る宗武の〈花角〉への攻撃についての報告を黙って聞いていたが、顔を赤らめそうぼやくと、大きな溜息を漏らし、

「いやはや、私が甘すぎたようだ……」

と嘆いてみせた。

「我《わ》が儘《まま》に育てすぎたのだ。ちと、増上慢《ぞうじょうまん》なところがあるなとは思うて、それも若さゆえと大目に見ていたが、ひとの暮らす土地を強引に奪わんとするのは許せぬ。まして、やくざ者まで使って脅すとは、なんたる体《てい》たらく」

大岡忠相は、吉宗をうかがって笑いをこらえた。

宗武をかばうところのあった吉宗が、ここまで悪しざまに言う姿は、想像していなかったらしい。

「ましてや、わしが大奥から追い出したあの女たちにそのようなことをしたとはの。これは私にも責任がある」

「お局方の住み処《すか》までは、上様の責任ではございませぬ」

俊平も、さすがにそう言って笑いだした。

「されば、酒問屋の各種証文、あらためて、受理させていただいてよろしうございますな」

俊平は、樽廻船の株仲間に必要な文書の写しを手に取って言った。

「むろんのことじゃ。さっそく勘定奉行にそう申し伝えよ。さらに、株仲間の木札も新たに与えよ」

吉宗は、毅然《きぜん》とした口調でそう言ってから、

「それにしても、その話、あまりにたちが悪かろう」

と、拳を丸めて膝をたたいた。

吉宗は、いとしい子供のことだけに、どこにも怒りのやり場がないようすである。

「首謀者は、いったい誰であったのか」

「はて、それはわかりかねまするな」

俊平は、松平乗邑辺と言いたいが、もうこれ以上騒ぎ立てる気はしない。勝負は、決したかに見える。

「上様。問題はこの跡目相続の揉めごとを、御家騒動にまで発展させぬこと。それが、

なにより肝心と存じまする。もはや、お迷いなされますな」

俊平が促すような口調で言った。

「そうじゃ。松平乗邑は、次期将軍は宗武と、断固とした姿勢で話をすすめてきたと聞いておる。江戸留守居役を集めて、一派を形勢していたとはな」

「上様、その話、どちらでうかがいましたか」

大岡忠相が吉宗をうかがった。

「加納久通が申しておった。有力諸藩も多数加わっておったという」

吉宗は二人から視線を外し、ふと宙を睨んでから、

「ところで、その乗邑の留守居役廻状には、どのような藩の名が載っておったのだ」

あらためて吉宗は大岡忠相に訊いた。

「それは――」

忠相はちょっと躊躇して口籠《くちご》もった。いささか気が引けたのであった。

「よい。余の記憶の片隅に残しておくだけのこと。あらためてどうこうするつもりもない」

「されば――」

忠相は、俊平を見かえしてから、

「伊達、桑名、忍、細川の諸藩にございます」

と言って平伏した。

「ほう」

吉宗はにやりと笑った。

「それらの藩が、宗武を担がんとしたか」

「そのようでございます」

俊平が、顔を伏せて小さく応じた。

「いつの世にも、こうしたことはあるものじゃ。だが、もはや控えさせねばならぬ。これより後は、その者らも新将軍として家重を支え、盛り立てねばならぬ」

吉宗がそう言った後、俊平に向かって、

「ところで、そち」

と膝を乗り出した。

「田安家の道場で、一刀流の輩と立ち合ったそうじゃの」

「はて、そのようなこと、またなぜ上様のお耳に」

俊平は驚いて吉宗を振りかえった。吉宗は、にやにやと笑っている。

「うむ。わしの耳は、これでけっこう長いほうじゃ」

吉宗は、笑いながらぐるりと小姓どもをねめまわした。

「一刀流の諸派を軽々と破り去ったと聞くぞ。その試合、ぜひにもこの目で見てみたかった」

「いえ、軽々となどとは、とても申せませぬが……」

俊平は、謙遜《けんそん》して頭を垂れると、

「つぎつぎに相手が入れ替わり、いささか苦労いたしました」

そう言って後ろ頭を撫でた。

「ほう、それは立ち切り試合か」

吉宗が、驚いて俊平を見かえした。

「はい」

俊平は顔を伏せたまま言う。

「一刀流も諸派に分かれ、それぞれに繁栄しておると聞きまする。たまたま、相手が及ばなかったに相違ありませぬ」

「一刀流諸派のうち、中西一刀流について、松平乗邑から推挙《すいきょ》があったが、やめておいてよかった」

吉宗は、そう言ってから、

「この太平の世に、剣術指南役など一流があれば、もはやじゅうぶんじゃ」

吉宗はそう言ってから、じっと俊平を見た。

「そちを、養嗣子の飾り者と言ったのは誰じゃ。そちは、柳生の主《あるじ》じゃ」

「もったいないお言葉でござります」

「家重のことだが、俊平」

吉宗があらたまった顔で俊平を見た。

「はい」

「あれは、あれで致し方ないの」

吉宗は、重い吐息とともに言った。

どうやら吉宗は、家重でいくことをあらためて決意したようだが、満足しているようすもない。

「あ奴に、早う子ができぬかの」

「お子でございますか」

「家重の子が五体満足であれば、その子はきっと次の次、よい将軍となろう。余はその子に期待する」

吉宗はそう言ってから、

「それにしても、まだまだ余は健在じゃ。家重に将軍位を譲った後も、後《うし》ろ盾《だて》となって政を見てゆく」

「されば、大御所とお成りでございますか」

大岡忠相は、そう言ってから、あらためて吉宗を見かえした。

「むろんじゃ。かの東照大権現《とうしょうだいごんげん》家康公のようにの」

俊平も、忠相も、吉宗の逞《たくま》しい生命力と闘志にはあらためて平伏するよりない。

四

江戸にもどってきた伊予小松藩主一柳頼邦も交えて、久しぶりに立花貫長、喜連川茂氏の四人がうち揃い、一万石同盟の飲み会を開かぬかという話が持ちあがった。だが、貫長が深川の〈蓬莱屋〉ばかりでもつまらないなどと言い出したため、されば、と新しい料理茶屋を物色していると、思いもよらない誘いが飛び込んできた。

なんと徳川家次期将軍徳川家重公からの西ノ丸御殿への招待状である。

――こたび将軍位継承の一件では、ひとかたならず柳生殿にお世話になった。父吉宗も、九代将軍は私と思い定めてくだされたよし、これを祝ってささやかな宴を開きたいがいかが。

　というものである。また招待状はつづけて、

　――聞くところによれば、ご貴殿のお仲間たち菊の間詰めの大名諸公が皆でたびたび宴を開いておられるそうな。されば、その方々もぜひお招きし、いっそう賑やかな宴としたい。また、こたびはご迷惑をおかけしたお局さま方や、花角瓢右衛門の一門にもお越しいただき、お詫びを申しあげたい。皆うち揃っていかが。

　とある。

「西ノ丸での宴か。これは、なんとも豪勢きわまりないの」

　そう言って、俊平が家重からの書状を手渡せば、惣右衛門も目を丸くして唸った。

「お局さま方は、久々の千代田のお城への帰還となり、さぞやお喜びでありましょう」

　こうなれば、家重からの誘いを断る理由はさらさらない。

　されば、とみなに書状を送ると、

「まあ、西ノ丸でございますか」

　伊茶も、話を聞いて目を輝かせた。

「しかし、西ノ丸で武士以外の者がそのように大騒ぎをして、よろしいのでございま

すか」

ちょっと心配そうに、伊茶が俊平を見やった。

「なに、西ノ丸は控の城ゆえ、いつもがらがらだ。ひとが入って賑やかに使ってこその城だ」

俊平が妙な理屈を言えば、惣右衛門も笑っている。

「されば、私も出てみとうございます」

伊茶が、めずらしく積極的な口ぶりになった。

「それはよい。家重様も喜ぼう。そなたも、しだいに歩くのが辛くなろう。今のうちだ」

俊平がそう言えば、伊茶は、なぜか急に顔を伏せて何も言わなくなった。

惣右衛門もそれに気づいて、伊茶をうかがう。

俊平は、やはり妙だと惣右衛門と顔を見あわせた。

ややあって、

「じつは……」

伊茶が突然、真剣な眼差しで俊平を見かえした。

「どうしたのだ、伊茶」

「いいえ、その……」

伊茶はまた困ったように顔を伏せ、しばらくたって、

「申し訳ございません……」

とだけ言って、いきなり顔を両手で覆《おお》った。

「なにを謝るのだ。わけがわからぬぞ、伊茶」

伊茶に向き直り、俊平が両手で隠したその顔をうかがうと、剣の道を極めた強い伊茶が、かすかに涙さえ溜めている。

「じつは、あの話は、私の思いちがいでございました」

「思いちがい……？　はて、なんのことだ？」

「やや子でございます」

「やや子？」

俊平は一瞬、なんのことかわからず、もういちど伊茶をうかがい、

「あ、そういうことか！」

拍子抜けしたように、伊茶を見つめた。

「そうなのでございます。私の勘ちがいで。子はできておりません」

伊茶が両手をつき、深々と頭を下げた。

「なんだ。そうだったのか……！」

俊平が複雑な表情になって言う。

「みなさまをぬか喜びさせ、なんとも恥ずかしいやら、バツが悪いやら……」

伊茶は消え入りそうなようすで、俊平と惣右衛門を見かえした。

「そのようなことはない。思いちがいは誰にでもある。そなたが悪いわけではない。

そうであろう、惣右衛門」

「まことに。伊茶さまが悪いわけでは……」

惣右衛門は、力をこめて言った。

「しかし……」

伊茶は、顔をまた覆い両手の指を細く開いて俊平をうかがった。

その所作が、愛くるしい。

「はは、よいのだ、よいのだ。まちがいは、誰にでもある」

俊平は、何度もそう言って、ついには言葉も無く笑いだすと、それに遅れて惣右衛門が二人を見かえし、

「あ、それはもう。私もじつはなにかのまちがいではないかと思っておりました」

と取り繕《つくろ》った。

「そうであれば、それだけのこと。はは、これでは、ちと話が早すぎると思うておりました」

惣右衛門も、伊茶を傷つけまいと懸命に笑顔をつくる。

三人の奇妙な笑いが伝播《でんぱ》してか、後から部屋に入ってきて壁際に控えた慎吾が、初めはきょとんとした顔をしたが、

「さ、さようでございましたか……」

ようやく気づいて、笑いだした。

「お局さま方には、私から伝えておくよ。あれは、まちがいだったとね」

俊平が笑いながら言うと、

「その、申し訳ございません。子はいずれ……」

伊茶が、ぺこぺこと謝る。

「なんの。こればかりは、望んで得られるものではないのだ。気楽にかまえておれ、伊茶」

そう言って、俊平がもういちど伊茶をなだめると、

「はい……」

伊茶は、またうなだれて、気を落とす。

俊平は、ふと考えて、

（まこと、子とは縁のようなもの。私には、まだその縁がないということか）

秘かに、そう得心するのであった。


いつもはさほど人気《ひとけ》のない西ノ丸御殿が、その日ばかりはおおいに賑わっていた。白書院《しろしょいん》に集まった一万石大名柳生俊平、一柳頼邦、立花貫長の三人、公方様こと喜連川茂氏五千石、それに大樫段兵衛、花角瓢右衛門と供の者三人に、葺屋町のお局方が囲むようにして賑やかな宴が始まっていた。

――勝手放題に愉しんでいただきたい。

とばかり、城の主家重も、大岡忠光もしばらく姿を見せず、半刻（一時間）近くも置いてようやく、徳川家重が体を引きずりながら、大岡忠光と小姓に守られて姿を現すと、

「これは――」

あらためて一同、深々と平伏して迎えることとなった。

「なに、皆の者。そのような堅苦しい挨拶は無用じゃ」

家重は下座に居すわって、俊平、頼邦、貫長の手を取り、

「皆よう参られた」

と顔をほころばせて労《ねぎら》った。

立花貫長の隣の大男が、まだ平伏している。

「こちらは？」

無精髭《ぶしょうひげ》が伸び放題の浪人風の大男大樫段兵衛を見つけて、家重は不思議そうに近づいた。

「これはそれがしの弟にて、ゆえあって浪人となり、剣の修行に諸国を巡っております。大樫段兵衛にござります」

立花貫長が、弟をあらためて紹介すると、家重は、

「おお！」

と言って、手を取った。

その言葉にならない言葉を、

「剣の修行か。うらやましい、と家重公は申されております」

忠光が落ち着いた口調で補《おぎな》う。

段兵衛が、にこりと家重を見かえして、うなずいた。

「よき兄弟よの……」

今度は、みなにもはっきりした声で家重が言った。

ちょっと、悲しげな表情をしている。

家重のほうは、兄弟の仲がよくないからであろう。家重は、お局方にもゆっくりと顔を向けて、

「そなたらにも……、迷惑を……、かけたの……」

と、うなずきながら言った。

弟宗武の引き起こした騒動を、謝っているのであった。

「いいえ、家重さまがお気になさることではございません。それに、もはや一件落着しておりまする。私どもは、今は屋敷で愉しくすごしております」

綾乃が代表してそう言えば、

「そうか、そうか……」

と、家重は嬉しそうにうなずいた。

その後は聞きとれない。

緊張が取れて、言葉がまた曖昧になったらしい。

「されば、みなの芸を見たいと仰せであられる」

忠光が、また家重に替わってお局方に言う。

「はい、喜んで」

綾乃がみなにうなずくと、さっそく持参した三味や太鼓《たいこ》を風呂敷から取り出し、準備を始めた。

やがて、お局方の三味や笛《ふえ》、太鼓の音曲が始まれば、賑やかな音色が白書院いっぱいに広がっていく。

すぐに追加の酒膳が運ばれてきて、宴の雰囲気がいっそう部屋を満たしはじめた。

俊平は、お局方の音曲で機嫌よく踊りはじめた家重をふと見かえした。

「ほう、楽しそうな。どうじゃ、われらもまた、唄《うた》い踊りませぬか」

俊平が、忠相に誘いかけた。

立花貫長と一柳頼邦も、俊平を見て立ち上がった。

段兵衛などは、もう剽軽《ひょうきん》な格好で踊っている。

――あ、それ、それッ。

家臣の誰かが拍子をとると、壁際に控えていたその者たちも踊り出した。

西ノ丸は、若い主の城だけに、みな気楽で身も軽い。

「これは、よい宴となったな」

「これから、まだまだつづくぞ」

俊平が笑いながら皆を見まわすと、なにやら外でどやどやと人の足音があって、やがて金の襖《ふすま》がからりと開いた。

俊平は、はっとして現れた人物に目を奪われた。なんと将軍吉宗の姿がある。

「あ、これは、上様ッ」

忠相が、俊平が、その場にかしこまり平伏すると、立花貫長も一柳頼邦も、はっとしてその場に頭を下げた。

お局方が、遅れてかしこまった。

「あ、よいのじゃ。みな、そのまま楽しむがよい」

吉宗が両手でみなを制し、十名ほどの吉宗の同行者が、ゆったりと背後に胡座《あぐら》をかいた。

「西ノ丸で宴が始まったと聞き、まいった。仲間に入れてくれぬか」

吉宗が一同に向かって告げると、みな、唖然《あぜん》としてしばし言葉もない。

「家重――」

吉宗は、踊っていた家重に向き直り、

「おおいに踊れ。踊れば、体はほぐれる。よう動くようになろうぞ」

そう言うと、

「どれ、わしも同じように動いてみるか」

と言って、綾乃に目で合図を送った。

音曲を再開せよ、との指示である。

「こうじゃ、こうじゃ」

家重を、いくども振りかえり踊りまわる。

その迫力に、みなも圧倒された。

吉宗の踊りは大きく輪を描いて、白書院の者たちを呑み込んでいく。

家重がそれを見て踊り出したが、吉宗の複雑すぎる動きに、つまずいてごろんと転倒した。

「あ、これは！」

忠光が、慌ててそれを助ける。

「しっかりいたせ、家重」

吉宗が叱咤《しった》し、また踊りをつづけた。

家重が尻餅《しりもち》をついていると、

「こうじゃ、こうじゃ」

そういって家重に近づき、手を取り踊る。

俊平も、忠相も、家重を助けて踊りはじめた。

やがて、ひと踊りした吉宗は、

「おお、疲れたの」

と声をあげ、両手を背後に置いて両脚を広げた。

家重は泣いている。だが、嬉しそうであった。

「よい父子だの」

俊平が、忠相に言った。

「まこと、父と子の強い絆《きずな》を見た思いがいたします」

忠光も、うっすらと涙を浮かべている。

貫長も頼邦も、そして段兵衛も、花角一家の者も、言葉なく将軍父子の睦《むつ》まじい姿に見入っていた。

吉宗がお局方を見ながら、側近になにかを言った。やがて、その者がお局方に寄っていき、

「お局さま方には、宗武さまがいたくご迷惑をかけた。これからも、西ノ丸にちょくちょく足を運んで、奥の女たちの指導をしてほしい、と申されております」

と、笑みを浮かべて告げた。

「されば、遠慮なく」

若い雪乃も、大乗り気である。

「私どもの音曲を、さらにご披露いたしとうございます」

綾乃が、吉宗に告げた。

「家重は、踊り謡うのが大好きなようだ。きっと、そなたらの三味や太鼓で体はさらにほぐれよう」

吉宗は、綾乃と家重を見くらべて微笑《ほほえ》んだ。

「家重は、このような弱さを持つ者ゆえ、人の痛みのわかるよい君主となろうよ」

吉宗がそう言えば、みな納得してうなずく。

「柳生さま。もうあの土地は離れなくて、大丈夫なのですね」

まだ不安が残っていたのか、雪乃が俊平に近づいて思い出したように問いかけた。

「もう、大丈夫だよ。田安公には、上様がお小言を言ってくだされた。広大な屋敷を城内に賜《たまわ》っておるのだから、まずは、それを大切に使えとな」

「まあ、上様、結構厳しいことを申されたのでございますね」

「そのようだ。松平乗邑殿にもぴしゃりと言われたそうな。世継ぎはもはや決めたこと。周りでとやかく言うのはやめよと。諸藩の江戸留守居役も、これでひとまず田安殿を持ち上げることはあるまい」

「ほんとうに、一件落着したのでございますね」

綾乃はようやく納得したらしく、俊平を見かえしうなずくのであった。

吉宗は本丸にもどっていったが、宴はさらにつづく。

お局さまの音曲はさらに拍子をあげ、白書院は若い家臣の舞いで大騒ぎとなっている。

「これからは、若い者の時代よ」

俊平がそれを見まわし笑いながら言った。

「……俊平も、次の代が欲しかろう……」

家重が、俊平の隣の伊茶をちらりと見て言った。

「まあ、家重公まで」

伊茶はちょっと膨《ふく》れ面ながら、それでも明るい笑みを浮かべて、

「じきに」

と強く言って、家重に笑みを浮かべて見せるのであった。

二見時代小説文庫

御三卿《ごさんきょう》の乱《らん》　剣客大名《けんかくだいみょう》　柳生俊平《やぎゅうとしひら》10

著者　麻倉一矢《あさくらかずや》

発行所　株式会社　二見書房
東京都千代田区神田三崎町二―一八―一一
電話　〇三―三五一五―二三一一［営業］
　　　〇三―三五一五―二三一三［編集］
振替　〇〇一七〇―四―二六三九

印刷　株式会社　堀内印刷所
製本　株式会社　村上製本所

落丁・乱丁本はお取り替えいたします。
定価は、カバーに表示してあります。

 ISBN978－4－576－18131－8
http://www.futami.co.jp/